O TURVO LIMPO E AS ALTEROSAS

Edith de Andrade Roque

O TURVO LIMPO E AS ALTEROSAS

Quixote + Do
EDITORAS ASSOCIADAS

Catalogação na publicação
Elaborada por Bibliotecária Janaina Ramos – CRB-8/9166

R786

Roque, Edith de Andrade

O turvo limpo e as alterosas / Edith de Andrade Roque. – Belo Horizonte: Quixote+DO, 2022.

96 p.; 13,5 X 21 cm

ISBN 978-65-86942-64-4

1. Memória autobiográfica. 2. Minas Gerais. 3. Crônica. I. Roque, Edith de Andrade. II. Título.

CDD 808.06692

Índice para catálogo sistemático

I. Memória autobiográfica

Revisão • Maria Lina Soares de Sousa e Shirley Maria
Conselho editorial • Alencar Fráguas Perdigão
Editora responsável • Luciana Tanure
Editor • João Camilo de Oliveira Torres
Gerente financeiro • Sofia Rossi
Comercial • Cláudia Masini
Tecnologia de informação • Alessandro Guerra
Capa, projeto gráfico e diagramação • Dúnya Azevedo

Nesta edição respeitou-se o acordo ortográfico da língua portuguesa de 1990, que entrou em vigor no Brasil em 2009.

Quixote+Do Editoras Associadas
Rua Alagoas 1270 - sala 304
www.quixote-do.com.br
https://www.facebook.com/QuixoteDoEditora/
https://www.instagram.com/quixote.do/
https://www.youtube.com/c/QuixoteDoEditorasAssociadas

Dedico aos meus filhos Leonardo, Breno e Nicole e aos netos Vitória, Laura, Beatriz e Caio. (Vocês são luz da minha vida.)

Toda gratidão à memória de minha mãe, Lívia,
pelo firme alicerce.

À Dagmar Braga e aos colegas da Letras & Ponto,
pela construção.

APRESENTAÇÃO

"Filhos adultos, netos crescidos, muitas árvores depois, veio o desejo de escrever um livro – sem sonho de eternidade, nem pretensão literária. Só vontade de aproveitar o tempo, contando casos de lá e de cá", assim Edith começa seu relato. Plantada na roça, cenário da infância feliz, agora pastoreia o cafezal. Enquanto lustra laços afetivos no convívio dos atuais companheiros de trabalho, alegra-se por terem estado sempre juntos. Netos de colegas de escola primária, seus pais trabalharam na fazenda por muitos anos. "São meus amigos e isso me vincula à vida do campo – mais ainda do que o ribeirão, a vargem, a velha casa e as montanhas. Daí, a vontade de contar casos de lá", confidencia. A essas histórias, acrescentou outras, provindas do garimpo urbano. Zeca, Marlene, Diéssica ou Tudinha incorporam traços de pessoas reais e significativas, como Madrinha Lindica, guardada na memória com afeto e gratidão. O Turvo Limpo e as Alterosas, de Edith de Andrade Roque, é esta pequena joia de quem, com serena maturidade, refaz caminhos, para muito além da fazenda dos primeiros anos, na certeza de que cumpriu a jornada. Ao recolher as memórias da sua gente, do tempo no internato, de cenas miúdas do cotidiano, a autora nos oferece seu talento para a escrita e nos leva ao reencontro de uma Minas profunda, feita por gente humilde, trabalhadora e de muita fé. De volta aos quintais da infância, olhar posto no passado, a cronista partilha um cenário da vida antiga, mas sempre renovada pela magia da literatura que une as pontas do tempo e liga leitor e autora, a partir do reavivar da experiência, sempre com jovial alegria, um modo de ternura que, por vezes, parece perdido na urgência dos dias que correm. Este livro que você tem em mãos é como um camafeu levado ao peito, preciosidade e remanso de lembranças.

Olavo Romano

SUMÁRIO

Nas margens do Turvo Limpo

Nas Alterosas

Nas margens do Turvo Limpo

Histórias vividas ou ouvidas na roça, debaixo do pé de manga, no descanso do fogão de lenha ou na varanda dos fundos, onde corre o Turvo e se delimita o povoado de Airões, filho da pequena Paula Cândido, na Zona da Mata Mineira. Ali, na Fazenda Vargem Alegre, plantei meus pés, junto com os pés de café e os pés de muitas árvores mais.

Só o Turvo Riu

Eram férias de minha adolescência. Lá pelos anos sessenta, vinha do internato e ficava na roça. Feliz por estar em casa curtindo o contato com a família, os matutos, as comidas e a semiliberdade – que, para mim, era inteira, pois vivia sujeita à disciplina férrea das freiras a maior parte do ano.

Novidades eram frutos da época, bezerrinhos e primos recém-nascidos. As visitas aos amigos e parentes, regadas a biscoito de goma e bolinho de chuva, eram um deleite, sem trocadilho. No mais, diversão era chupar manga no pé, ler e nadar na pequena represa do Turvo.

Numa dessas férias, eu com doze ou treze anos, apareceu na minha casa uma vizinha que trazia sua prima de fora para nos ver. A prima era mais do que de fora. Vinha direto da Europa, pois era freira de uma congregação francesa e já tinha muito tempo que não voltava ao Brasil. Moça de uns trinta anos, pouco mais, ela contou tudo de sua trajetória.

Foi para o *Sacré-Coeur*, em Ubá, logo que terminou o primário. Na época, queria mesmo era estudar, mas tinha de dizer que queria ser freira para não pagar o colégio. Com o tempo, acabou se convencendo e ficando no convento. Assim que concluiu o Magistério, foi mandada para a França, onde lecionava para crianças.

Matei toda a curiosidade sobre sua vida na Congregação, comparando com o que sabia das Salesianas, com quem eu estudava na época. Minha mãe, ex-aluna do *Sacré-Coeur*, teve rara oportunidade de saber notícias das freiras do seu tempo e de falar um pouquinho de francês.

A certa altura, a vizinha me chamou à parte e cochichou: "– ela soube que você nada no rio e está louca para ver. Diz que era seu sonho de infância. Você pode ir lá com ela?"

Acostumada a ter medo das freiras do internato, achei um tanto insólito ter uma criatura de hábito e véu me olhando de maiô no córrego. Mas disse que claro, poderia sim. E fomos.

Quando chegamos e entrei, ela me falou que queria muito entrar também. Não sabia nadar e eu teria que ajudá-la. Eu disse tudo bem. Perto da margem era mais raso e, mesmo a parte funda, dava pé.

Ela queria entrar com a roupa toda; eu sugeri voltarmos na minha casa. Eu pegaria um maiô para ela, mas a amiga disse que isso chamaria muito a atenção – era preferível entrar com as roupas de baixo. Foram as duas atrás de uma moita de bambu e ela reapareceu de calças de perna e uma espécie de corpete de algodão, à guisa de *soutien*. Eu quis rir, mas segurei. E valeu a pena.

Ver a alegria infantil da freira ao entrar na água foi sensacional. Ela gritava pela prima, batia palmas, dava adeusinho e me agradecia de tal forma, que esqueci a brancura de papel de suas pernas contrastando com a pelagem escura das virilhas e axilas. Fora a transparência que a água promovia naquelas roupas de algodão.

A felicidade da moça era tão grande que eu nem pensava como seria vestir de novo o hábito sobre as peças molhadas e colocar o véu sobre o cabelo ouriçado pelas águas do Turvo. E ela foi se soltando, perdendo o medo e, por sugestão da prima, pediu-me para ajudá-la a tomar uma ducha abaixo da barragem.

Com cuidado, coloquei-a no ponto mais forte da ducha e ela foi às nuvens. Gritava eufórica conforme se mexia e recebia a forte massagem nas costas, braços e pernas. Uma festa!

Quando se voltou de frente para a água, o grito foi quase primal. A princípio feliz, só entendi o motivo do novo tom quando a vi apontando para a corredeira atrás de si. Sua dentadura foi embora rio abaixo. Ainda tentei pegá-la, mas era impossível. Ela corria desafiadora entre pedras cheias de limo, rindo da pobre freirinha.

Rebeldia Contínua

O sino do mosteiro me soa doce e nostálgico. Na solidão dessa pandemia, seu efeito fica ainda mais profundo. Especialmente quando o vento sopra a favor e o som fica denso e melancólico. Sinto muita falta de mim mesma – infância e adolescência cheias de vida e sonhos. Mas nem sempre foi assim. O tempo, esse exímio curandeiro, reconciliou-me com os sinos. Por um longo período, estive brigada com eles e seus semelhantes: badalos, apitos e campainhas. Não havia poesia nem música que apagassem essa memória traumática.

Dos onze aos quinze anos, interna num colégio de freiras, fui submetida a um rigor muito intenso para o inquieto espírito que me habitava. As rezas e a disciplina acadêmica não me incomodaram. Fui criada entre altares, incensos e velas, por pais muito carolas. Não me assustaram também as obrigações escolares: absorvi razoavelmente o choque do primeiro ano de Ginásio, com dez professores diferentes, línguas estrangeiras e outras mudanças. Porém, todo o resto da vida no internato foi um choque para mim. A bagagem religiosa e o desempenho escolar de nada serviam para me ajudar a cumprir as exigências de comportamento, ordem e civilidade que a nova vida me impunha.

No internato, tempos e movimentos eram marcados com a régua do taylorismo e um rigor marcial. Acordava às seis horas, com o sino. Oração da manhã e a loucura de arrumar a cama, vestir, ir ao banheiro, escovar dentes, lavar o rosto e chegar pontualmente na capela para a missa das sete. Em princípio, pode parecer fácil. Mas havia filas nos lavatórios e isso complicava tudo. Nunca escovava os dentes direito e, às vezes, ficava a ponto de não segurar o xixi.

O resto da rotina diária era marcado por horários rigorosos de dormir, rezar, estudar, comer e brincar no recreio. Tudo pontuado por badaladas e campainhas. Fui me adaptando, mas, no começo, era um desastre: de manhã, nunca me lembrava de molhar meu cabelo rebelde que, tosado pelas freiras, amanhecia em pé. Daí, o apelido de espanador da lua, uma vez que, magrela, eu crescia feito bambu.

Todo o resto foi difícil, mas o banho foi uma das piores partes. Íamos em turmas e éramos obrigadas a abrir e fechar o chuveiro ao tinir da sineta. Invariavelmente, eu estava cheia de espuma, quando a maldita tocava. Perdia nota de comportamento todo mês e ainda ouvia sermões sobre minha falta de compromisso.

E o problema não era só o tempo. Muitos movimentos também me eram estranhos. Nunca tinha usado tanta roupa: calcinha, soutien, combinação, blusa, saia, tudo cheio de botões e uma maldita meia três quartos, dificílima de calçar. Quando eu terminava de amarrar o sapato preto, já estava no horário da outra turma. Ainda faltava pentear, usar desodorante, por a roupa suja no cesto e guardar material de higiene no escaninho. Só consegui fazer tudo isso certinho, dentro do horário, lá pelos treze anos.

Ordem também era um ideal inatingível. Quando cheguei, não tinha noção de como arrumar minha cama, gavetas, materiais escolares, engraxar sapatos e nem conseguia andar certinha na fila. Pior: não ficava calada quando repreendida.

Vez por outra, meu pai ia lá me ver e, antes de me chamarem, a irmã ia encontrá-lo no locutório.

- Seu Roque, converse com a sua filha. Esse mês ela perdeu nota de comportamento, ordem e civilidade.

- Outra vez, irmã?

- Sim, como já falei pro senhor, ela tem rebeldia contínua. Pergunte a ela o que vem aprontando.

Eu explicava o que fazia errado e meu pai caía o queixo. Acho que ele nunca atribuiu valor algum àquelas firulas. Mas, tinha respeito pelo hábito - na hora, dava razão para a freira.

Isso acabou me rendendo uma pequena glória. Ao terminar o ginásio, fomos ao colégio pegar minhas coisas e dizer que eu não voltaria no próximo ano. A mesma freira veio se encontrar com meu pai e fez uma preleção: ele não devia fazer isso porque iria desqualificar meus estudos e comprometer meu futuro. E ele, roceiro sereno:

- Mas, irmã, a menina é cheia de defeito. Só escuto isso quando venho aqui.

- Não, Seu Roque, ela tem potencial. É ótima aluna.

- Olha, pois eu jurava que, quando saísse, a senhora ia fazer cruz nas costas dela. Pensava que a única coisa importante que a senhora via nela era a tal da rebeldia contínua.

Fiquei muito orgulhosa. Pela primeira vez, meu pai encarou a madre. Não contive um risinho de vingança, pois aquela educação era muito rígida e, mesmo na década de sessenta, beirava o ridículo. De família simples, eu não precisava de tudo aquilo. Impossível, no entanto, não reconhecer que algumas coisas foram úteis. Aprendi a me virar sozinha, tornei-me mais organizada e efetiva na solução de questões domésticas. E, facilmente, esqueci-me depois das filigranas à mesa, dos modos aristocráticos, das frescuras e de todo o lixo disciplinar dispensável.

E, por um longo período, guardei mágoa dos sinos – eles eram a voz da repressão. Mas, como bom conselheiro, o próprio tempo diluiu essa malquerença. Na verdade, quando os ouço hoje, morro de saudade de tudo, especialmente daquela adorável rebeldia contínua.

O padre e o farmacêutico

Jaime chegou ainda jovem naquela cidadezinha. Na bagagem, apenas a prática adquirida como auxiliar de farmácia - no que trabalhara desde os 14 anos. Hospedou-se na única pensão do lugar e alugou um cômodo para a sua farmácia.

Como o seu patrão anterior, era prático e sabia fazer quase todos os procedimentos essenciais à assistência primária. Dava pontos em cortes, imobilizava membros quebrados, tirava bernes, aplicava injeções, indicava medicação para as doenças comuns e até parto fazia, se a aparadeira local não pudesse atender.

Sim, porque atendia em domicílio também. Quando o paciente não podia ir à farmácia, Jaime pegava sua bicicleta e resolvia o problema em casa. Aí ajustava bomba de oxigênio, regulava soro, trocava drenos, o que fosse preciso. Os antigos médicos da região sempre o indicavam à família quando davam alta a pacientes com alguma dependência.

Rapidamente se afirmou no pequeno arraial. Dava assistência a todos, a qualquer hora que fosse requisitado. Quando percebia que o caso era grave, falava:

- Não é pra mim. Vai hoje mesmo pra cidade e procura um médico.

Certa madrugada, acordou com um chamado do Antônio, filho do Seu Sebastião Cirilo.

- Bom dia, Sô Jaime! Mãe me mandou aqui pedir o senhor pra ir lá em casa ajudar pai.

- Bom dia. Mas já falei com vocês que o seu pai precisa de hospital, Tonho. O caso dele é grave.

- Mas, ele não quer mais, Sô Jaime. Quer morrer em casa. Só que está muito inchado e gemendo de dor. Só o senhor pra esvaziar aquela barriga d'água.

- Tá muito ruim, menino?

- Tá péssimo. A ponto de rebentar. Pelo amor de Deus, ajuda a gente! Trouxe essa mula atrelada no rabicho do meu burro pro senhor chegar lá na roça.

- O tempo tá muito feio, Tonho. A cavalo, vamos demorar. A estrada é muito ruim.

- Não, a mulinha tá bem calçada. Ferradura novinha... Por favor, Sô Jaime! Se o senhor tirar a água e der aquela injeção na veia, ele vai ter a morte que pediu a Deus. Perto de nóis.

- Fazer o quê, pensou Jaime. Vestiu-se e pegou uma capa de chuva. Juntou o material para a injeção e a punção no abdômen. Encarou a légua e meia de cavalgada e chegou na pobre casa do Bastião Cirilo.

Os vestígios da doença misturavam-se com a desorientação da família. A casa estava em ruínas, além de muito suja e mal cheirosa.

- Ainda bem que eu trouxe tudo... até os panos desinfetados, pensou Jaime.

O doente agonizava dolorosamente. Jaime o higienizou o melhor que pôde. Forrou uma mesinha ao lado do catre e nela colocou seu material esterilizado. Aplicou a injeção e ele parou de gemer. Aquela morfina era tiro e queda. Seu Sebastião estava com um câncer no pâncreas, em estado terminal. Começou a punção no abdômen: anestesiou, fez a incisão, introduziu o cateter e ajustou o seringão para puxar o líquido. Enquanto trabalhava, ouviu um barulho de motor lá fora. Estranhou.

- Carro aqui, nessa estradinha e com esse tempo feio? Perguntou-se e continuou o procedimento. Daí a pouco, o Tonho pôs a cara na porta querendo saber quanto tempo ia demorar. Porque Seu Vigário tinha chegado para a confissão e a extrema-unção.

- Uns quinze minutos, Tonho. Mas, agora não posso interromper pois o material esterilizado que trouxe já foi todo aberto. E a confissão fica pra depois porque ele está apagado. Mas, se esse pobre tinha alguma culpa, já ajustou as contas diante de Deus, meu filho!

Do quarto, ouvia lá fora a ladainha do padre. Tinha que voltar depressa porque o chuvão que estava armado ia acabar com o resto de estrada. O Jeep não passaria de volta.

- Não é verdade, Zé Libério? Perguntou ao dono do Jeep, buscando apoio.

Ofereceram café e ele recusou terminantemente. Mandaram sentar, mas preferia ficar em pé. Tinha que ser tudo muito rápido.
Jaime acelerou a punção. Enquanto isso, pensava o quanto a vida do lado de lá é mais importante. Para o padre, um Jeep e para ele, a mulinha. No fundo, porém, achava que eles tinham razão. A eternidade é muito longa. Não se pode arriscar.
Uma trovoada e dois relâmpagos depois, o padre entrou esbaforido no quarto do moribundo. Jaime estava terminando o procedimento. Quando percebeu a angústia do vigário, correu mais ainda.

- Bom dia, Jaime. Já posso fazer o sacramento?

Ao olhar para a cama, o padre amarelou. Realmente, não era uma cena boa de se ver. O inchaço deixara o Bastião irreconhecível. O pescoço desaparecera. A cabeça se ligava ao tronco por uma imensa bolha. E o cheiro da morte, misturado com álcool e éter, inundava o ambiente. O vigário empalideceu e fechou os olhos para se recompor. Era o próprio Nojo de batina.

- Bom dia, Padre Josino! Estou terminando. Aguarde só um momentinho, por favor.

- Não posso esperar, Jaime. Olha a chuva...

- Tenho que terminar, Padre. Mas, o senhor já pode começar a reza. Quer responsório?

- Sim. *In nomine Patris et Filii et Spiritu Sancti*!

- *Amém*!

- *Dominus Vobiscum*!

- *Et cum spiritu tuo.*

- *Per instam sanctam unctionem... te salvet atque propitius allevet.*

Nessa parte, o padre deveria untar a testa e o peito do moribundo. Jaime sabia tudo sobre o sacramento. Já tinha presenciado o rito muitas vezes. Não fosse a regra canônica, ele mesmo rezaria Bastião. Olhou direta e interrogativamente para a vasilha com os santos óleos, antes de dizer "*Amém*".

- Passa o óleo nele pra mim, Jaime!

- Eu não, Padre Josino! Sua mão é benta. Só o senhor pode fazer essa parte.

E continuou juntando suas coisas. Verde de asco, o padre fez a encenação, jogando o óleo e mal encostando no Bastião.
A seguir, engrolando a fala, com notórias ânsias estomacais, Padre Josino declinou o resto da oração e desenhou o último *In nomine Patris*. Antes de responder o Amém, Jaime viu o vigário lavando afoitamente as mãos na sua baciazinha esmaltada... onde ele depositara todo o líquido tirado da barriga do Bastião.
Só riu por dentro. Precisava muito de uma carona no Jeep.

A ética do Mal

Costuma-se dizer que o poder, o dinheiro e o amor são as três mais fortes razões de desavenças nesse mundo. Parece ser verdade. No fundamento dos crimes e tragédias, há sempre um desses fatores. O comportamento das pessoas mudou pouco ou nada ao logo da História e essa máxima vem prevalecendo há séculos - com enunciados diferentes e o mesmo conteúdo.

No final do século XIX, os matutos mineiros diziam que os homens brigam por uma das três barras: a barra de córrego, a barra de ouro ou a barra de saia. A barra de córrego é uma metáfora do poder, porque os cursos de água geralmente eram limites e divisas entre propriedades rurais. Ademais, a própria água sempre representou o poder pela sua utilidade intrínseca para a vida e as funções a ela inerentes. As barras de ouro e de saia falam por si mesmas.

Nessa época, morava o Seu Chiquinho na sua fazenda ao pé da serra do Divino, então, município de Ubá. Por conta de barra de córrego brigou com seu confrontante e cunhado – o Seu Joãozinho. Discutiram, mudaram o curso do ribeirão para lá e para cá diversas vezes, ameaçaram se pegar a unha e tiveram de ser contidos por empregados. A inimizade se instalou entre os contraparentes e a boataria se espalhou pelas redondezas. Dizia-se até que ambos passaram a andar armados e que, no lugar em que se encontrassem não nasceria mais capim. Era difícil dizer quem se sentia mais desaforado. A filharada de ambos também se indispôs mutuamente. As mulheres, velhas amigas e comadres, não puderam mais trocar visitas, receitas, nem mudas de flor. Uma lástima aquela briga. Um verdadeiro confronto entre confrontantes.

Mas o tempo, bom conselheiro, aplacou os ânimos. Vivia cada qual para o seu lado. Se uma família fosse na missa das dez, a outra ia na das sete e meia para não se trombarem, nem no caminho, nem na igreja.

Nesse tempo, era costume receber e alojar cavaleiros viajantes devido à dificuldade de locomoção. E a solidariedade prevalecia sobre qualquer dúvida que tivesse o dono da casa. Observava-se fielmente o ensinamento cristão das Obras de Misericórdia: dar pousada aos peregrinos.

Num mês de maio, ao anoitecer, apareceu um cavaleiro na casa de Seu Chiquinho, pedindo pousada por aquela noite. Seguindo o costume, Seu Chiquinho disse para a D. Nicolina, sua mulher, que esquentasse água para o banho, fizesse um mexidão com as sobras da janta e arrumasse a cama do quarto da sala para o viajante.

O cavaleiro desarreou sua montaria e soltou o animal no pastinho enquanto explicava o propósito de sua viagem. Vinha da mata de Caratinga com destino a Ubá para buscar uns documentos no Cartório. Eram papéis para o inventário dos bens de um falecido lá da sua terra.

Depois de asseado e alimentado, o sujeito foi conduzido ao aposento pelo velho fazendeiro, que alumiava seu caminho com um toco de vela. No quarto, a sós com seu anfitrião, falou-lhe baixinho.

- Seu Chiquinho, na verdade, minha intenção ao parar aqui é outra. A notícia de sua briga com o seu cunhado correu muitas léguas e eu soube que o senhor está muito amofinado. Quase nem sai de casa. Vim hoje oferecer meus préstimos. Por cinco contos de réis dou cabo de Seu Joãozinho essa noite mesmo. Minha profissão é essa – sou matador de aluguel. Se o senhor não tiver o dinheiro todo, não tem importância. Acordamos no prazo e volto na data combinada pra receber o resto.

Seu Chiquinho se assustou muito. Não se sabe se empalideceu porque a vela bruxuleante não permitia tal aferição. Mas pronta e secamente disse ao forasteiro:

- Olha rapaz, eu estou mesmo muito aborrecido com meu cunhado. O que ele me fez não desce goela abaixo. Mas não quero que ele morra não. A mulher dele é minha irmã e tem treze filhos pra criar. Minha consciência e minha fé não me permitem isso. Você agora já está aqui. Deita e dorme. Amanhã, vai embora cedo e esquece que esteve nesta casa.

O fazendeiro só contou o ocorrido para a sua mulher. Não conseguiram dormir direito, mas, quando o dia amanheceu, não viram nem rastro do homem. Ele se safou antes da alvorada, deixando o casal aliviado. E a vida seguiu na labuta e na modorra de sempre da fazenda.

Numa tarde de setembro daquele mesmo ano, estava Seu Chiquinho no terreiro da frente da casa recolhendo uns arreios para guardar, quando avistou o mesmo cavaleiro. O velho caminhou até a porteira do terreiro e segurou sua tranca. Sua mente começou a ferver. Mil pensamentos sinistros lhe vieram à cabeça.

- Epa! O homem de novo... que será que ele quer, meu Deus?

Não foi necessário perguntar. Chegando na porteira, o pistoleiro foi logo dizendo:

- Boa tarde, Seu Chiquinho, não vim para incomodar. Só quero dar um conselho.

- E você é homem pra dar conselho?

- É uma palavrinha só, Seu Chiquinho. Vai lá e faz as pazes com o seu cunhado. Isso porque a mesma oferta que fiz ao senhor fiz a ele. E ele me deu a mesma resposta que o senhor me deu. A conclusão, então, é que vocês dois são homens de bem. A raiva entre vocês não rende nem cinco contos no meu bolso. Por isso, essa briga é pura bobagem.

Virou a rédea, andou uns passos e falou, sem se voltar:

- E tem uma coisa, Seu Chiquinho, dei esse mesmo conselho pra ele também.

Tudinha

Dona Maria Gertrudes Ribeiro do Amaral era filha de fazendeiros já meio decadentes, do interior de Minas. Nascida no final do século XIX, pouco depois da Abolição, tinha muitos irmãos e vivia, naturalmente, nos moldes da sociedade puritana e patriarcal de sua época. Era semianalfabeta, apenas iniciada no catecismo e nas prendas domésticas: cozinhava, bordava, engomava e tecia. Fadada a cumprir o mesmo papel de todas as moças do seu tempo.

Mas, a menina nasceu com pendores diferentes. Não era bonita, mas fazia boa silhueta. E era muito fogosa. Aos onze anos já tinha seus calores. Feita a Primeira Comunhão, antes mesmo de menstruar, já se masturbava e se esfregava nos primos e nos filhos dos empregados. Levava coças homéricas, mas as lambadas só lhe afogueavam os sentidos. As dependências externas da casa grande sempre lhe permitiam dar vazão aos seus pruridos insaciáveis. No paiol, no galinheiro, no quartinho de arreios, atrás do curral, onde pudesse, levantava a saia para o parceiro mais próximo. Ventos intempestivos sempre assanhavam sua sombra frenética atrás de troncos e muros. Quando pega, era castigada, mas ninguém controlava sua libido.

Quando a gravidez aconteceu, tinha treze anos e a família decidiu casá-la com o Juvenal, um dos possíveis pais do bebê. Eram primos. O arranjo familiar foi feito às pressas e tudo deu certo porque o Juvenal era tarado pela Tudinha. Nunca resistiu aos seus feromônios. Ademais, casamentos aos treze anos eram mais que comuns naquela época. A pedofilia não era objeto de criminalização e, no caso perdido de Tudinha, a família Ribeiro estava louca para se livrar da maldição de tentar controlá-la.

Ajeitou-se o par numa das casas da fazenda dos Amaral e seis meses depois nascia o "prematuro" da família: grande, forte e saudável. Tudo sacramentado no seio da Igreja Católica – matrimônio e batizado –, como rezava o figurino. Mas, a Tudinha era a mesma. Nunca lhe bastou a assistência do Juvenal. Mandava seus recados, fazia sinais e dava plena vazão à insaciável fome inferior. Dentre os parceiros, o mais assíduo era o Arlindo, o cunhado, irmão do Juvenal.

O curioso era que os chifres não pareciam incomodar o cônjuge. Sempre que alguém insinuava, ele cortava com uma frase que ficou célebre nas redondezas: "tudo o que põe e tira é mentira". Nunca ficou patenteado, mas parece que, na intimidade, o Juvenal era um corno feliz e assumido. Ou seja, nossa Tudinha arrumou o marido ideal. Assim, os visitantes, empregados, primos e o cunhado Arlindo faziam a festa na casa de Tudinha nos primeiros anos do casal. Por sorte, a filharada foi nascendo branca, de dois em dois anos. Buchuda ou aleitando, seguia indômita naquela trajetória afrodisíaca e lucrativa. Seus amantes a presenteavam e os empregados a serviam de graça, escravos permanentes do seu furor uterino.

E os empreendimentos do Juvenal prosperavam. Tudinha fazia agrados aos compradores de gado e aos vendedores de terra. Azeitava os negócios, ganhava no preço, no prazo e no gozo. O cunhado Arlindo era sócio nos dois sentidos: comercial e conjugal. Foi ficando homem maduro e não se interessava por outra mulher. E viu vantagens econômicas na sociedade com o mano. Passaram a comprar terras, formar tropas de burros, criar e vender porcos e, principalmente, ter em comum gado bovino de leite e corte. Apadrinhava todos os sinhozinhos que nasciam na fazenda. Era fatal que lá viveria no futuro. Só esperou a morte da mãe.

Certa feita, o Arlindo teve uma pneumonia. Para redobrar seus cuidados, Tudinha o transferiu para o quartinho ligado ao seu, onde dormiam as crianças menores. Tirou a pequenada de lá, alegando que o padrinho precisava de assistência à noite. Desse aposento, o Arlindo nunca mais saiu, recebendo trato refinado de cama e mesa. D. Flor aninhava-se, então, com seus dois maridos vivos quando fechava a porta. Mas, claro, só depois de rezar o terço com todos, ajoelhada aos pés da imagem da Sagrada Família, na sala de jantar.

Toda semana ia à missa no povoado com os familiares. Chegava cedo, a tempo de se confessar para comungar perdoada. No confessionário mesmo, marcava seus encontros com o pároco que era pouco inclinado a mulheres, mas não resistia aos apelos indecorosos de Tudinha. Agora rica e poderosa, contribuía à larga com a bolsa paroquial. Essa estratégia fazia parte do seu negócio, pois rendia respeito – moeda que nunca deixou de amealhar para si e os filhos.

A vida corria célere e a Maria, sua filha de dezessete anos – velha para os padrões da época - estava passando da hora de casar. Tudinha convenceu Isaac, um rico comerciante judeu do povoado, a assumir o encargo. Para lograr êxito nesse arranjo, óbvio, usou seus poderes ninfomaníacos, pois a Maria era uma rica herdeira, mas muito feia. Casaram-se e tiveram filhos. Foram felizes até o dia em que a Maria pegou o marido e a mãe fornicando nos fundos da venda. Desesperou-se, mas foi violentamente abafada. Tomou chumbinho e morreu. Tudinha chorou junto com as carpideiras do lugar, enterrou a filha e cuidou dos netos até arranjar o casório de outra filha, a Neném, com o mesmo Isaac. Impossível deixar o bom partido sair da família. Dizem que a Neném chorou antes, durante e depois do casamento. Mas, enfim, rendeu-se à própria sorte. Criou os sobrinhos, teve seus próprios filhos e cansou de saber que o Isaac gostava mesmo era do lugar por onde ela passara para chegar ao mundo.

Não se sabe até quando esse poder se fez exercer e quanto rendeu ao todo. Com o Arlindo, o Isaac e os demais. Era certo, porém, que Tudinha sempre soube unir o útil ao agradável, sem jamais ser apedrejada. Nunca seria como a Geni do Chico Buarque, pois agia sempre com naturalidade de profissional esperta e escorregadia. Capitu e Madame Bovary certamente lhe tirariam o chapéu.

Nessas alturas, nossa protagonista já era Mãe Tudinha. Assim os netos a tratavam ao tomar a bênção - com respeito e beija-mãos. Em todos os ambientes que pisou, foi sempre recebida com salamaleques e rapapés. Formou as filhas mais novas como normalistas no *Sacré-Coeur* e os filhos foram todos bacharéis, médicos, farmacêuticos e que tais. A respeitabilíssima e numerosa família Ribeiro do Amaral logrou êxito na magistratura e na política. Muitos são nomes de logradouros públicos na região. Sobretudo, ficaram ricos – os onze.

Quando morreu, em 1962, Mãe Tudinha arrancou lençóis de lágrimas da família. Deixou inconsolável o velho Juvenal, que pouco lhe sobreviveu. Não saberia seguir em frente sem seu prodigioso caudal de lucro e prazer.

A Última Encenação

Na Recoleta, sepulta-se com cenário. A nobreza escultural dos túmulos enfeita a morte. Assim me pareceu quando, descaradamente, intrometi-me num enterro buenairense. Nunca vi tanta elegância num funeral.

Nesses quase cinquenta anos de Alterosas, já fui a enterros na Saudade e na Paz. Modestos, menos assépticos na dor, mas segundo os costumes da cidade grande: choro com dignidade, reza com fervor e flores singelas - aquelas que enfeitam e cheiram a cipreste.

Os do Bonfim e da Colina são mais elegantes. O ambiente e a plateia dão o tom. Por maior que seja a dor, as manifestações são contidas. Com Rivotril ou por preceito, todos se comportam pelos ditames da urbanidade. Muitas vezes, há óculos de grife, salto alto e *blazers* assinados. Mas, os donos do defunto se contêm, mesmo quando a morte é inaceitável, por prematura ou cruel. Os presentes falam baixo e, muitas vezes, só assinam o livro e se escafedem sutilmente.

Nos casos em que a *causa mortis* é meio ridícula, como intoxicação alimentar ou bebedeira, há fofoca nos bastidores, deixando o cadáver humilhado. Assassinatos, suicídios e overdoses são também rumorosos. A plateia aumenta o tom e compromete o velório. Não ao ponto de torná-lo um ambiente explícito de riso, dor ou revolta. Mas o burburinho é maior, mesmo em nicho de abastados.

Há um sem fim de casos sobre o tema, a começar pela divulgação da notícia de uma morte e o convite para o enterro. Quando se trata de desafeto, é comum a pergunta: - outra vez? Pois, pra mim, já morreu há muito tempo. Nas cidades, com as incinerações em locais remotos, a viagem é tão longa que se comenta que o defunto já vai direto para São Pedro. O humor, sempre negro, tem bom repertório.

O certo, porém, é que o funeral urbano está pautado por rigoroso controle emocional. Crianças e incapazes foram banidos do cenário. Por mais afetivamente próximos que tenham sido do finado. Afirmam protegê-los do trauma. Mas tudo indica que a medida é também para preservar a dignidade do evento.

Na roça, ainda é diferente. Os modismos globais chegaram lá. Porém, diante da morte, ainda não se copiam as novelas. Há choro e ranger de dentes. O luto é explícito, desgrenhado e, às vezes, violento. O desespero líquido verte pelos olhos e o nariz - sem lenço e sem pudor. Gritaria e blasfêmia são comuns.

- Cê num pode fazer isso comigo, Valtinho! cumé que eu vou viver? E os menino? Deus num existe... deus num existe... Me leva também, Valtinho! Me leva!

Ah, e tem as rezas intermináveis. Terços com todos os seus mistérios e compridas ladainhas noite adentro. Quando as crises histéricas beiram a loucura, começam os hinos de igreja. Não importa se são fúnebres. Aliás, basta que o coro abafe o choro e a gritaria. Com certeza, para Deus não ouvir bobagens e ficar de má vontade com a alma recém-chegada.

Os velórios são em casa. A prefeitura dá transporte e caixão para os carentes. O preparo do corpo é doméstico. Já houve casos em que os fluidos do defunto pingaram a noite toda. Entra aí a nobreza do pobre. Não falta quem limpe o chão, encha os orifícios do cadáver com algodão, amarre bocas despudoradas e feche olhos vigilantes. Sobretudo, não falta quem carregue o féretro até à capela do povoado e à sepultura.

No tempo em que minha roça era um sertão mais remoto que o do Euclides da Cunha, um jovem foi achado morto a facada, numa noite muito fria, no campo de futebol. Notificaram a polícia da sede do município. Alguém falou que não se podia mexer no corpo. Atrapalhava a perícia. E ela só veio na manhã seguinte. O velório foi, então, ao relento, com choro, reza e cantoria, conforme o protocolo local. Claro que não faltou café, nem cachaça. Cobriu-se o corpo com um lençol e todo mundo trouxe flores de casa para que o filho de D. Maria fosse velado dentro do costume. Isqueiros atentos mantinham o bruxuleio das velas.

Periciado e liberado, cumpria colocar o moço na urna, encomendar e sepultar. Mas quem disse que entrava no caixão? Mantido na friagem a noite inteira, na posição fetal em que estava, foi impossível esticá-lo. Muitos tentaram, mas o Seu Juca era quem tinha mais prática. Além do mais, era padrinho do defunto: tinha de resolver o problema. Fez muita força em vão. Sem saída, mandou que o povo se afastasse. Principalmente a família. Aí, a olho de machado, com muita dor d'alma e toda a perícia de quem mata bois e porcos, quebrou o defunto todo: pernas, braços, coluna e pescoço. Dizem que, a cada golpe, chorava e falava com sua voz mansa:

-Tadim do meu afiado... Vigia lá, gente! Cumade Maria num pode vê isso não! E o menino precisa ficar bem arrumadim.

...

Rural ou urbano, velório é rito de passagem e também é evento social. Reencontra-se a parentela distante, travam-se novos conhecimentos, fofoca-se a miudeza do momento. E, ante o inexorável, da roça à Recoleta, o fim é igual para todos. Menos para uma velha tia. Ela dizia que caveira de rico tem todos os dentes.

Madrinha Lindica

Tias são pessoas geralmente injustiçadas. Em especial as que não se casam e vivem na órbita da família. Era esse o caso da Madrinha Lindica. Sua mãe, ao morrer cedo, deixou-a com uma fieira de irmãos, alguns ainda carentes de cuidados básicos. Minha mãe, a caçula, tinha apenas 6 anos e a Madrinha Lindica cuidou dela, até que se formou e arrumou emprego.

Creio que ela não achou difícil. Nas famílias numerosas de então, as primeiras filhas já cuidavam dos irmãos menores, mesmo quando havia a presença da mãe. Era assim com todo mundo. A Madrinha, porém, o fez a seu modo. Um tanto *sui generis*, porque sua noção de limite era mínima, para não dizer nula. Os irmãos tinham apoio ou oposição clara e irrestrita nas suas escolhas, inclusive, nas matrimoniais. À medida que os sobrinhos iam nascendo, ela estabelecia inequívocas preferências. Em toda casa tinha os seus "culuchinhos", a quem mimava abertamente, sem o menor pudor.

Ela nunca teve sua própria casa – morou sempre com irmãos ou sobrinhos. Geralmente se mudava quando percebia que podia ser útil. E as razões mais fortes eram nascimento e doença. Magra e baixinha, era de uma energia titânica se precisasse se posicionar diante do berço de um sobrinho recém-nascido ou do leito de um parente querido. E onde chegasse, instalava-se de imediato uma revolução nos ânimos. Opinava sobre o tratamento, mesclando seus chás e poções com os remédios prescritos, estabelecia uma crise de ciúmes entre as crianças por causa de seus eleitos e criticava a administração da casa frontalmente. Fazia ouvidos de mercador para todos os repelões. E, como tinha sempre o aval do irmão ou irmã que nela via a figura da mãe, as coisas ficavam como estavam. Ela fazia o que bem entendia. Dentre os problemas, ressaltava a bagunça. Chegava sempre com uma pequena malinha, mas, em pouco tempo, seu quarto virava um horror de guardados. Sua cama só tinha uma beiradinha para ela dormir. Embrulhos e caixas iam se amontoando pelo aposento todo.

É de se pensar que a Madrinha foi consumista, pela quantidade de coisas que tinha. Ledo engano. Conservava tudo o que julgava afetivamente importante, tivesse ou não utilidade. Fotos, cartas, livros, objetos quebrados, embalagens de presentes, coisas geralmente ganhas e nunca usadas. Quando faleceu, ajudei minha mãe no inventário de seus bens.

Por ficar na roça e ter muito espaço, nossa casa tornou-se o depósito da Madrinha. Do Rio, de Ubá, de Rio Branco vinham sempre as mudanças que ela largava para trás. Assim, vi incontáveis pares de sapatos nunca usados, cortes de tecidos nobres roídos por traças e vidros de perfumes, dentre o patrimônio abandonado. É impossível nomear todas as coisas absurdas: próteses dentárias de irmãos, dentes de leite e cachos de cabelo de sobrinhos, todo tipo de bijuteria quebrada, embalagens vazias de presentes, um sem fim de inutilidades. Difícil arrolar. Tudo rigorosamente embrulhado, amarrado com fita ou barbante e identificado com precisão. Assim tínhamos, por exemplo: "esta caixa veio com o pó de arroz que o Francisquinho deu para a Bibi, no dia do seu aniversário, em 20 de novembro de 1954". Na sua galante letrinha miúda, tudo foi arrolado. Assim registrava sua própria história. Os retratos eram preciosidades porque identificados: nomes, datas e eventos. Se julgasse importante, ia também o grau de parentesco do fotografado.

Na casa da minha mãe sempre teve um quarto seu que nunca foi efetivamente ocupado. Detestava roça e sentia muito frio em Paula Cândido. Se todos estivessem bem na família, seu habitat preferido era a casa da Tia Nhazica, que morava no Rio e era a mãe do Luiz Carlos, o "culuchinho-mor".

No entanto, me paparicava muito quando aparecia e me escreveu mil cartas carinhosas na infância. Adorava o meu pai, seu cunhado, apesar de achá-lo bem mulatinho. Impossível não falar do seu racismo despudorado. Dói dizer isso, mas era um traço característico e acintoso. Compreensível, porém, numa criatura nascida em 1895.

Convivi de perto com ela quando fui fazer o Curso Normal em Rio Branco. Eu tinha concluído o ginásio num colégio interno e era louca para sair daquele regime. A possibilidade era estudar em Rio Branco, onde morava a Tia Bibi, outra "avó" para mim. Ela não era muito velha, mas teve uma doença paralisante. Madrinha Lindica já estava lá, à sua cabeceira, ao lado do seu marido. Eram todos idosos e me propus a ajudá-los. Eu não tinha a menor ideia da extensão do problema. Aliás, ninguém tinha. A doença era degenerativa e não foi diagnosticada na época. Tornei-me, assim, parceira do trio de velhos, sendo a única que tinha vigor físico para as tarefas mais pesadas: caminhar com a Tia Bibi enquanto foi possível, tirar da cama e levar para o banho.

Essa função, porém, foi regiamente compensada pela conquista da liberdade. Primeiras saídas, primeiros bailes, primeiro namorado. Tudo valeu a pena, inclusive, porque todos tinham uma alma grande. A despeito das dificuldades crescentes, eles vibravam com a minha alegria e me apoiavam. Costumo dizer que, não fosse o período do Rio Branco, eu nunca teria exercido o sagrado direito de ser jovem leve, livre e solta. Mal saí de lá, me casei e, aos vinte e um anos já tinha dois filhos para criar.

Além da liberdade, ganhei o régio presente de conviver de perto com a Madrinha Lindica. Foi uma sorte, porque a despeito de saber dos seus problemas nos relacionamentos, para mim ela foi uma fada e também uma grande lição de autonomia no trato social. Vivia no seu mundo único e anacrônico, com suas idiossincrasias, valores e afetos bem sedimentados, sem dar a mínima para o que pensavam a seu respeito.

Na convivência, a par das sandices, ouvi pérolas de lógica e racionalidade que marcavam e divertiam. Suas convicções eram inabaláveis. Médicos, por exemplo, não sabiam nada, pois todo mundo acabava morrendo mesmo. Ilustrava essa tese com uma visita que teria feito ao filho doente de um amigo médico. Quando entrou no quarto, observou que as janelas estavam todas fechadas. Perguntou:

- Mas, doutor, quando o senhor visita nossos doentes, manda abrir tudo.

- Esse aí não é meu paciente, D. Lindica. Ele é meu filho.

Quanto às convicções religiosas, era taxativa.

- Temos que rezar. É a única coisa que não se pode esquecer.

- A senhora acredita em Deus, Madrinha?

- Não sei te responder. Mas, em respeito a Nossa Senhora e ao Menino Jesus, prefiro não falar do assunto. Só sei que vamos todos nos reencontrar no céu. Por isso, é preciso enterrar todo mundo aqui no Rio Branco. Fica mais fácil para nos acharmos depois.

Disse também que a sua religião tinha ficado meio abalada quando teve um padre turco lá no Divino.

- Não foi só eu, minha filha. Sermão com aquele sotaque deixava todo mundo em dúvida.

Era habilidosa e costurava bem. Não acreditei quando ela me disse que faria um vestido de festa para mim. Em meio à turbulência dos cuidados com a Tia Bibi, ela o fez e bordou com paetês e vidrilhos. Gostei tanto que, além da festa, ainda o usei na formatura.

Tenho certeza que ela me amava. Tudo o que eu fizesse era perfeito. Penso que fui a culuchinha-mor dentre as sobrinhas. Minhas primas de Belo Horizonte me disseram que ela só gostava dos sobrinhos-homens. E, claro, tinha ordem nesse amor. O Luiz Carlos era o mais bem-amado, seguido pelo Áureo e o Olavo. Não convivi com eles nessa fase. Mas lembro que ela preferia que só nascessem homens na família, porque mulher sofria muito. No que tinha toda a razão, especialmente, no seu tempo.

Meu dia era muito corrido na fase em que convivi com ela. De manhã, ajudava com os cuidados da Tia Bibi; à tarde, fazia Curso Normal; à noite, Técnico de Contabilidade. Tudo longe, sem transporte público, uma peleja - correria sem fim. Chegava do Colégio às 11 da noite e encontrava mesa posta, café com leite queimado e canela. O pão com queijo ia para a frigideira na hora em que eu apontava na esquina. Sentávamos, e eu, sempre famélica, devorava a minha parte. Ela, como de costume, só fingia que comia. Conversávamos um pouco e eu explorava seus conhecimentos familiares para me inteirar daquele Andrade que carregava no nome e só conhecia de ouvir falar. Quando me deitava, o meu cortinado era rigorosamente preso para que nenhum pernilongo me molestasse na infernal Rio Branco açucareira daquela época. Se o tecido se rompia, o que era comum, a fada madrinha pegava os apetrechos e dava seus meticulosos pontinhos. Eu lhe dizia sempre:

- Não precisa disso, Madrinha. Eu me viro. A senhora tem de dormir mais cedo, pois acode a Tia Bibi várias vezes à noite.

E ela respondia que velho não tem fome, nem sono. Certa vez, fui mais incisiva. E ela:

- Minha filha, eu ainda rezo um rosário antes de dormir.

- O quê que é isso, Madrinha? Um rosário tem 15 padre-nossos e 150 ave-marias, fora as salve-rainhas e os glória-patris! A senhora vai adoecer desse jeito.

- Não se preocupe, Culuchinha. Quando o sono começa a chegar, rezo o abreviado.

- Abreviado? O que é isso?

- Rezo o primeiro padre-nosso e a primeira ave-maria. Depois, sigo assim: "Como já disse", "como já disse", "como já disse"... Nossa Senhora entende direitinho.

Tive a dor e o consolo de estar ao seu lado nos momentos finais. Após um AVC, ela estava entubada, num quarto do Prontocor de Belo Horizonte. Fiquei com ela até a sua remoção para o CTI, onde faleceu. O mundo estava em frente à TV assistindo a um jogo do Brasil na Copa de 1978, na Argentina. Eu lhe falei do amor e da gratidão que sentia pelo carinho que me deu – de perto e de longe. Contei-lhe do quanto os meus filhos se lembravam com saudade dos papagaios de papel que ela fazia para eles lá na roça - colados com grude de farinha de trigo. Ela só respondia com apertos de mão.

Naquele momento de dor, fiquei indignada com o não-atendimento que eu implorava para a minha madrinha agonizante. - Maldito futebol! Depois, passei a bendizer aqueles 90 minutos. Tive tempo e oportunidade de falar para ela tudo o que queria e nunca tinha dito daquela forma. Quando perguntava: "a senhora está me ouvindo? Está me entendendo? Se sim, aperte duas vezes a minha mão."

Até hoje sinto os duplos apertos. E muita saudade.

Fidelidade

Patriarca de uma família mineira do interior, ele era muito rico e tinha robusta trajetória política. Foi vereador, prefeito e deputado - eleito e reeleito muitas vezes. Era também um bom pai de família. Tratava esposa e filhos com atenção e carinho. Sua generosidade permitia que o clã nadasse em conforto.

Enfim, o homem era boa pessoa. Com um senão: o encantamento por Cininha, uma moça que tirou da vida e tornou sua amante de luxo. Cininha não tinha filhos, nem reconhecimento social. Em missas, festas, enterros e outros eventos, ele estava sempre com a esposa, D. Maria. De resto, a amante tinha tudo que sonhasse: boa casa, empregados, roupas, joias, carros e viagens. Até emprego para os parentes.

Em plena década de sessenta, cidade de 20 mil habitantes, ele passava os dias na matriz e todas as noites com Cininha - sem disfarce e nenhuma concessão à opinião pública.

D. Maria chorou lençóis ao longo dos anos e os filhos brigaram com o pai o quanto puderam, ficando sem se falar por longo tempo. Apesar de tudo, o arranjo se manteve. A questão da fidelidade foi relativizada e a bigamia do patriarca funcionava normalmente. A sua generosidade em casa compensava a humilhação.

Esse chefe de família sofreu um ataque cardíaco fulminante – assim rádios e jornais divulgaram sua morte. Iam informar o local do velório e o horário do enterro, quando fossem confirmados.

Aí um impasse, pois o homem deu de morrer na casa de Cininha e ela não admitiu que tirassem o corpo de lá. Por mais que todas as pessoas de bom senso aconselhassem e suplicassem. Afinal, ele tinha comparecido ao enterro de todo mundo com a esposa. Não era justo que, no seu próprio funeral, aparecesse com a amante.

Em vão. Ela não se tocou.

A família, se quis, teve que ir à casa da outra para o velório. Assim, filhos, genros, noras e netos viram de perto a organização, o conforto e a intimidade da segunda vida do pai. Curtiram a dor e os pêsames ao lado de parentes e agregados de Cininha. Naquele dia, ela recebeu autoridades e as melhores famílias da região. Até o bispo compareceu para lembrar ao Padre Eterno as virtudes daquela alma.

A esposa disse que não iria. O caçula, ainda adolescente, ficou com ela. Compartilhou sozinho os momentos mais humilhantes da vida de sua mãe. Secou suas lágrimas e ouviu todos os desabafos. Como lidava com a situação desde que nascera, o filho sabia que ela amava demais o marido. A vergonha dos chifres era menor que a dor. Decidiu:

- Mãe, a senhora vai ficar pior se não se despedir dele. Vamos lá!

- Não dou conta, meu filho! Todo mundo vai rir de mim.

- Isso não importa mais, mãe. Vamos! Falou firme.

Pelo braço do mais novo, D. Maria chegou trêmula naquela casa. Quando a viu, discretamente, Cininha seguiu a regra de sua vida. Altiva e serena, deixou seu lugar à cabeceira do caixão para a esposa se despedir de seu homem.

E ninguém riu.

O recado

Até que enfim, Rita voltou da casa de seu pai. Há 20 dias estava lá ajudando Lurdes, sua irmã, a cuidar do velho doente. O pai melhorou, ela pôs os meninos na charrete e venceu as 5 léguas até a sua casa. Mais de 3 horas de viagem, porque tinha muito morro.

Descansou aquela noite e madrugou no dia seguinte para pôr a vida em ordem. Remendou a tela do galinheiro, a cerca da horta e ainda repregou a taramela do paiol. Pôs a roupa toda na bica e foi arrumar o almoço.

O vasilhame estava imundo. Uma luta para recomeçar a rotina.

Tonho, seu marido, acabou de comer e saiu.

- Rita, vô lá no pastim de trais. Tem duas vaca sumida na capoeira. Elas já tão mojando. Se parir no mato, tá sujeito nóis perdê as cria.

Pouco tempo depois que Tonho saiu, chegou o Zé Luís, vizinho do pai dela.

- Ba tarde, Rita! - Cadê Tonho?

- Foi lá atrais, Izé. Pra campeá umas criação que entrou na capoeira.
- E ocê, quê que veio fazê aqui? - Cumé que pai tá passando?

- Seu pai tá bão, Rita. Mas ele me mandou aqui buscá oceis de vorta, porque Lurde é que adoeceu.

- Que isso Izé? Inda onte deixei ela boazinha de tudo...

- Pois é, Rita, mais ela teve um pobrema lá e seu pai me mandou te buscá.

- Mais o quê que Lurde tá sentindo? Cê teve com ela, Izé? Cumé que ela tá?

- Tive não, Rita. Só sei que tá ruim.

- Izé, num dá pra nóis ir hoje. O cavalo tá cansado de onti, as roupa tudo moiada na bica, a casa de perna pro ar.

- Ceis tem que ir, Rita. Seu pai tá aflito.

- Afroxa a barrigueira do seu cavalo, leva pra bebê água e dá um trato pra ele no paiol. Despois vem cá bebê café e cumê um pedacim de broa. Aí cê vorta e fala com pai que assim que eu pudé eu vô.

- Mas, seu pai tá suzim lá esperano oceis...

- Ah, cê também pede Graça pra dá uma forcinha pra ele até eu chegá, tá bão?

- Rita, nem vô apiá. Me isprica direito que vou atrais de Tonho proceis ir hoje ainda.

- Ispricá como, homi? Nem Tonho sabia onde que as vaca tava. Cê vai é cansá seu cavalo naquele morraréu. Diz que tem um cipoal danado no chão. Tonho até levou um facão pra mode sortá as pata dos animal. Fica tudo laçado no cipó. Carma, rapaiz! Gurinha mesmo ele chega.

Muito preocupado, Zé Luís apeou, desarreou a montaria e tratou do animal. Olho comprido na curva do caminho, ansiava pela chegada de Tonho. Sua missão era dura. Tinha que levar Rita com a família de volta pois a Lurdes tinha morrido de repente. Mas, veio com expressa proibição de contar para a Rita. O velho, seu padrinho, pediu chorando:

- Izé, vai lá e traiz Rita. Mas num conta pra ela que Lurde morreu. Fala só que ela tá muito ruim. Rita é tudo que me resta. Se o coração dela disguverná, tô suzim no mundo. Fala só com Tonho, pelamor de Deus. – Cê promete, Izé?

... e agora, um chãozão pra istradá de vorta e o Tonho perdido na capoeira. – Que maçada, meu Deus!
Zé Luis tirava o boné, coçava a cabeça e repetia o gesto, sem saber o que fazer. Decidiu merendar. Quem sabe Tonho chegava enquanto descia o café com broa? Engolida a quitanda, Zé deu mais um tempo e decidiu ir atrás do Tonho. Falar a verdade com Rita era descumprir uma promessa. Isso não. Montou no cavalo, mas Rita interveio:

- Izé, num vai não! Já tá tarde, homi. Cê num vai achar Tonho. Faiz assim, intão: vorta pra casa e fala com pai que nóis vai amanhã bem cedo.

Zé Luis empacou. Coçou a cabeça mais umas três vezes.

- Mais, cê promete, Rita?

- Prometo, Izé. Diz pra pai que fique assussegado. Que nóis vai.

...

- Que hora ceis vai sair Rita?

- Nóis sai cedo Izé, eu juro!

- Intão jura, Rita. - Jura por Deus e Nossa Senhora?

- Pra que isso tudo, Izé?

- É que o interro é às deiz.

Marlene

Ela foi do interior de Minas para o Rio, aos dezoito anos, para ajudar sua irmã, Marluce, no nascimento do primeiro filho. A irmã morava na Barreira do Vasco, uma comunidade pobre e perigosa, mas Marlene gostou da cidade grande. Assim que pôde, arrumou emprego de doméstica e foi ficando por lá, mesmo contra a vontade do pai, um roceiro muito conservador que não deixava filha alguma sair de casa solteira.

A moça era cheia de vida, libido a mil, logo começou a namorar e engravidou. Quando seu filho Isaac nasceu, já estava morando com o pai dele, na mesma comunidade da irmã. Mas seu marido foi morto pelo tráfico. Marlene dizia que foi bala perdida.

Seu pai mandava cartas pedindo que voltasse. "Aquilo não era lugar de viver, um perigo danado", dizia ele. Mas ela estava determinada a ficar. Tudo lá na roça era desconfortável, longe, uma pobreza também. Arrumou outro emprego e ia criando o filho.

Todas as tardes, quando voltava do serviço, passava na Bitaca do Jorge onde pegava uma quentinha para a janta e papeava com os fregueses. Por lá, sempre estava Seu Beque tomando cerveja. Ele era um cidadão de meia idade, boa aparência e muito gentil. Oferecia um copo e Marlene, às vezes, aceitava.

Tantas aceitou, que Seu Beque começou a cortejá-la. E ela, carente de afeto e conforto, foi se aproximando. Ficou sabendo que seu nome era Augusto Becker. Era militar reformado, nascido no sul do país, viúvo e sem filhos. Em pouco tempo, já estavam juntos e ela, grávida de Laís.

A vida de Marlene tomou outro rumo. Beque tinha idade para ser seu pai, mas era carinhoso, aceitou seu filho e amava a pequenina Laís. Tinha ainda outras virtudes: um corpo esbelto, olhos azuis e uma gorda pensão. Isso era fundamental para a mocinha pobre e vaidosa.

Marlene nunca quis voltar para a roça, mas a melhora na condição de vida mudou seu modo de pensar. Com a renda que tinham, poderiam viver lá com conforto. E a questão da segurança era fundamental. A morte violenta do primeiro marido a deixara traumatizada com o Rio de Janeiro. Não queria que seus filhos crescessem lá. Além do mais, sua roça tinha melhorado muito com a chegada da eletricidade. Beque, reformado como subtenente do exército, achou a ideia ótima. Vieram para o interior e fizeram uma bonita casa no terreninho do pai dela. De repente, tudo ficou perfeito e simples para Marlene. Só a segurança, já seria bastante. Mas tinha mais.

Simpático como sempre, Beque fez muitos e bons amigos no arraial e na cidade. Foi apelidado de Alemão e tornou-se freguês de caderneta de alguns botecos para a sagrada cervejinha. Foi se tornando conhecido e até participou de uma parada de 07 de setembro, usando seu uniforme de gala. Fez um sucesso danado no lugarejo, pois lá só conheciam farda de soldado raso. O oficial arrasou com a sua fatiota e uma espada brilhante.

Monopolizava atenções com histórias de caserna. Isso fez até com que cogitassem sua nomeação para delegado. A popularidade do homem era tanta que também recebeu convite para se candidatar a vereador. Mas ele declinou de tudo. Só queria viver para a mulher e os filhos.

De vez em quando, Marlene ia ao Rio, onde recebia os proventos do marido e pegava roupas numa confecção para revender na roça. Passava uns três dias por lá e voltava com uma sacola muito disputada pelas freguesas.

Daquela vez, porém, ela estava demorando muito para voltar. Preocupado, o marido cuidava da casa e dos filhos enquanto tentava falar com ela. Na época, não havia celular, nem internet - só o telefone público do arraial. Quando a família ligou para a irmã, com quem ela se hospedava no Rio, soube que Marlene não tinha aparecido lá. Marluce começou a perguntar por ela em todos os lugares possíveis. Sem sucesso.

Desesperado, Beque deu parte à polícia. Seu relato era simples: como de costume, tinha saído de casa no fusca, às quatro e meia da manhã e deixado a mulher na rodoviária para embarcar no ônibus da Útil que saía às cinco e quinze, de Viçosa para o Rio. A própria Marlene tinha contado para muitas freguesas que viajaria – a algumas, até mostrou a passagem. A empresa de ônibus localizou o registro do bilhete comprado, mas não tinha informação se ela tinha viajado. Vasculharam tudo, indagaram todo mundo e nem sinal.

À medida que o tempo passava e Marlene não dava notícia, muitas eram as cogitações. Tinoco, seu irmão, bebia umas e xingava a irmã de pervertida e vadia. "Cumé que ela pode abandonar um home bão e dois filho pequeno?" Algumas línguas mais afiadas também falavam que ela não ia mesmo ficar com um velho para sempre. "Ela num era de desperdiçar energia" ou "todo velho que casa com novinha, acha o chifre que procura", era o papo das comadres.

Angustiado, o alemão decidiu ir ao Rio. Tinha certeza que achava o rastro dela lá. A seu pedido, Marta, outra irmã de Marlene, ficou com as crianças. Nessa estada, Marta refez os passos da polícia, ou seja, revirou a casa toda de novo e também os arredores, procurando alguma coisa que desse uma pista, um sinal de Marlene. Em vão. E o marido voltou da viagem abatido e sem notícia.

Passaram-se dois meses e tanto. A polícia carioca foi acionada e também procurava por ela. A família e a comunidade se solidarizavam com o homem abandonado que vivia só de cerveja, pão e lágrimas. Muitos ajudavam com as crianças, em casa e na escola. E, como não poderia deixar de ser, havia também as mães de encalhadas que já sonhavam com um possível futuro genro.

Uma manhã, ao acordar, o pequeno Isaac deu falta do padrasto e da irmãzinha. Já ia na casa do avô para saber deles, quando ouviu gritos nos fundos da casa. Antes que saísse, chegaram o tio e dois companheiros em pânico. Perguntaram pelo Beque. O menino disse que, quando acordou, o padrasto e a irmãzinha já tinham saído. Tinoco, cheio de ódio e remorso, falava aos berros:

- Ceis leva esse menino pra casa de pai, chama as polícia, chama todo mundo. O demônio fugiu, porque eu onte falei com ele que hoje cedo eu ia tirar areia naquele barranco!

Em dois tempos, o sítio fervia de gente. Muito depressa, a polícia encontrou o fusca do alemão perto do asfalto. Descobriram depois que ele tinha tomado um ônibus para São Paulo, que saiu de Viçosa às 22 horas da véspera, levando a filhinha consigo. Forças policiais de

vários municípios vizinhos foram chegando. Repórteres de jornais, rádios e até a TV de Juiz de Fora vieram registrar o horror. O distrito de Airões teve seu primeiro dia de destaque na imprensa regional.
No Areião, que era como chamavam a jazida de areia do barranco, nos fundos da casa de Beque, os homens acharam bolsa, roupas e os pedaços do corpo de Marlene. O legista e a polícia técnica constataram depois que a espada do alemão, exposta na parede da sala, fora usada no esquartejamento.
A segurança que Marlene tanto queria ficou enterrada com ela no Areião e o povo todo da roça ficou pasmo. "Cumé que pode, gente? Um sujeito bão daquele jeito..."
Investigação posterior descobriu que o subtenente Augusto Becker fora desligado da corporação, por apresentar problemas sérios de saúde mental. E quando a notícia chegou na Bitaca do Jorge, Dico da Barreira, um velho bebum comentou:

- Quando morava aqui no Rio, ele guardava as cabeças no freezer, até a polícia esquecer o caso. Eu vi umas três.

Nunca mais se soube do homem, nem da pequena Laís.

Zeca

José Alves era um bem-sucedido gerente de uma concessionária de automóveis. Tinha padrão de classe média alta e muitos amigos influentes. Mas nem sempre foi assim.

Era filho de proprietários rurais empobrecidos – os decadentes da herança dividida pela prole numerosa. "Pai rico, filho nobre, neto pobre" - esse ditado explicava bem a condição do Zeca. Quando os pais herdaram seu quinhão, tiveram que colocar seus próprios filhos na lavoura para sobrevivência da família.

José, o mais velho, era Zeca para os de casa e tinha um punhado de irmãos. Na infância, estudou pouco, porque a escola ficava no povoado de São Joaquim, muito distante da Grota das Cobras, a fazendinha onde morava. Além disso, desde pequeno teve obrigações pesadas na roça. Quando fez oito anos, ganhou de presente uma enxadinha para começar. Cresceu tirando leite, apartando bezerros, retocando cercas e levando gamelas de comida no eito. Comiam o que produziam na roça e vestiam o que a mãe fazia na máquina de costura de mão, à luz de lamparina.

Por volta dos 14 anos, já ia sozinho fazer as compras da família na cidade. Viçosa ficava a uma hora de ônibus do arraial de São Joaquim. Da Grota das Cobras ao arraial, eram duas horas, a cavalo. Em São Joaquim, tratava do animal e o amarrava na coberta da venda de Antônio Boi, até que fosse à cidade e voltasse, no velho ônibus do Tião. Saía de casa com escuro, às quatro e pouco da manhã, para chegar a tempo de pegar a jardineira. Na friagem da madrugada, pensava: "daqui a pouco o sol sai e tudo melhora; ainda bem que hoje não tá chovendo, feito a noite em que fui buscar Dona Mariinha para ajudar mãe no parto." Pensava também nas primas de Viçosa. Não eram bonitas, mas eram chiques e estudadas - o pai era comerciante. Zeca sonhava um dia ganhar pelo menos um beijo de uma delas, a Zizi. Mas, as moças riam dele e até diziam que ele cheirava a curral. Ficava magoado, mas tinha de passar na casa da tia para almoçar, senão seu estômago colava nas costas. O dinheiro que levava era a conta das compras e de um pastel com garapa. Isso era muito pouco para o galalau que ele tinha virado.

As primas também debochavam de suas roupas. Sua mãe fazia tudo muito grande e ele se sentia um palhaço. Mas ainda estava em fase de crescimento e era preciso aproveitar as roupas ao máximo. Depois desse máximo, os irmãos mais novos ainda tiravam tudo o que as roupas pudessem dar. Na escalada do vestuário, o mais novo de sete anos ainda usava calças que tinham sido dele.

Em Viçosa, comprava só o que a roça não produzia, como sal, açúcar, farinha de trigo, macarrão, fermento, querosene e alguma ferramenta. Tinha que chegar cedo com as compras na charanga - outro apelido do ônibus. Se enchesse demais, o Tião não levava. O "demais" do Tião era elástico, porque aquela condução sempre voltava apinhada de gente, sacos, galinhas na manguara, caixas, ferramentas, canários em gaiolas, restos de feira, um sem fim de coisas que sacolejavam na estradinha rural.

Naquele dia, Zeca acomodou as compras e veio em pé, como sempre. Os assentos ficavam para os mais velhos. Mal começou a viagem e a poeira já fazia furor dentro do velho ônibus. A certa altura, começaram as reclamações:

- Tião, que poeirada é essa?

- Ceis ainda num tão acostumado? É a mesma estrada de terra. Vão reclamar com o prefeito.

Mais quinze minutos, e o Seu Raimundo, muito bravo:

- Tião, é sério, a poeira tá demais. Estamos sufocando.

- O quê que eu posso fazer? Por que vocês não compram uma Rural zero?

Um pouco depois, começaram a tossir e a gritar desesperados. Zeca, lacrimejante também, olhava o povo sentado e via um monte de cabeças brancas de pó. Reparando direito, até as pestanas de Dona Tina e as grossas sobrancelhas de Seu Tomé pingavam um pó branco quando se moviam. Os embarcados se amotinaram e o Tião teve que parar a jardineira.

Nessa altura, o jovem Zeca já desconfiava do seu saco de farinha de

trigo acomodado no guarda volumes. Estava furado e as costelas da estrada se incumbiram de polvilhar o produto no veículo. Tião, que também já estava tossindo, percebeu que aquilo não era poeira. Pôs todo mundo para fora e foi verificar a razão do sufoco. Quando deu pela farinha vilã, passou a perguntar quem era o dono.
Zeca não teve coragem de se acusar. Achou que seria linchado. O motorista arranjou outro saco para embalar o furado e, no ponto final, em São Joaquim, falava:

- O fedaputa agora tem que assumir, ou vai ficar sem quitanda.

A família de Zeca comeu broa, batata doce e farinha de milho o mês inteiro. Ficaram sem as roscas dos fins de semana e seus irmãos ficaram putos. Queriam que ele voltasse em São Joaquim para buscar a farinha de trigo perdida.

- Vocês tão loucos? Mês que vem, eu tenho que enfrentar aquela charanga de novo. Os fregueses são os mesmos e vão pegar no meu pé.

Hoje, o gerente José Alves, que estudou depois de velho e venceu na vida, ri dessa história e também da prima Zizi, que ficou feiosa e solteirona.

Idiossincrasia

Cheguei hoje da roça. A mesma casa, muitas das mesmas árvores, pés de fruta, as mesmas flores... No entanto, não mais os mesmos bichos. Só bois que pastam lá longe e dois cavalos pra juntá-los no curral, quando necessário. Gatos, cachorros, galinhas e porcos, não há mais. As razões são estritamente práticas, mas despertaram a vontade de externar minha resistência pessoal à bicholatria reinante nos dias atuais. Quase desnecessário explicar, mas, como toda menina da minha época, assisti à morte de todos os frangos que minha mãe fritava ou assava para acompanhar a macarronada dos domingos. Durante a semana, pescava-se torresmo ou carne atolados na banha. Eu não assistia ao sacrifício dos porcos, mas o dia do abate era uma festa. Tinha ajudantes para limpar a barrigada, fazer chouriço e linguiça, fritar tudo e guardar. Rolava uma pinga na janta e todos os empregados levavam um pouquinho de cada coisa da vítima: fígado, rins, bofes e dobradinha. Era a proteína chegando em casa. Meu pai chamava o milharal de plantação de carne.

- Se não fosse esse milho todo, minha filha, só daria pra pipoca e angu.

Os cachorros eram sentinelas da casa e ajuntavam o gado. Tinham nomes próprios, feito os bois carreiros e as vacas de leite, mas nenhuma intimidade com a casa. Gatos seguiam sua índole e ajudavam no extermínio dos ratos. Quando minha mãe resolvia tratar deles, meu pai dizia: "assim eles não caçam e perdem a serventia".

Criei meus filhos desse jeito e eles mudaram um pouco. Meu coração, porém, continua empedernido, quanto a essa questão. A literatura e o cinema não tiveram o costumeiro sucesso. Desde o Marquês de Rabicó, passando por Lassie, George Orwell e outros tantos, vi sempre uma mera humanização da bicharada. Tudo a La Fontaine: personas corporificadas em cigarras artistas e formigas previdentes.

Fico desnorteada quando chego numa casa e sou recepcionada pelos cinco cachorros tão comuns hoje em dia. E sempre tenho a sensação de que eles notam minha bichofobia. Percebem o incômodo que me causam e tripudiam. Pulam em mim e latem sob os olhares benevolentes dos donos que nunca percebem meu desespero.

Os gatos da minha vizinha passam o dia todo na minha casa, aqui na cidade. Admiro sua beleza e altivez. São as criaturas mais elegantes que visitam minha morada. Desfilam felinamente pelos muros, causando encantamento. Mas eu não consigo me aproximar e eles se vingam, fazendo do meu jardim a sua latrina. Isso porque não deixo as portas abertas, pois o que eles preferem mesmo é fazer cocô dentro da casa. Quando decidem brigar ou namorar no telhado, quase tenho que chamar o segurança para poder dormir.

Como a maioria dos humanos, sou onívora. Tenho dificuldade para entender por que é que somos os únicos animais inibidos quanto a comer carne. Tenho consciência de que não podemos extinguir espécies inteiras, como fazem os lobos comendo até o último cordeiro. Mas, convenhamos: criando, reproduzindo e sem maus-tratos, xiitas e sunitas comem frangos brasileiros. Pelo menos, enquanto o governo ainda não acabou com a nossa avicultura.

Voltando à fazenda, tirante o churrasco e o bacalhau da sexta-feira da paixão, gosto mesmo é de ver bicho solto. A mangueira-dormitório preta de jacus à tardinha; a passarada em festa no pomar, ao amanhecer, e, à noite, a orquestra sapônica no brejo, com o ferreiro marcando o ritmo. Mas odeio quando uma perereca ousa transpor os umbrais do meu lar. Perco até o sono quando não tenho quem a expulse.

Implico também com a inversão de valores. Num circuito de caminhada, passei por algumas jovens de patins, distribuindo brindes de uma empresa. Eram bandanas, munhequeiras e botons coloridos tão chamativos quanto as roupas das sílfides. Pouco à frente, foram abordadas por duas crianças da favela que tinham corrido a toda para alcançá-las. Suplicaram pelos brindes. As moças disseram que não podiam dar. Ato contínuo, na presença das crianças, abordaram uma mulher que vinha em sentido contrário com três cachorros e enfeitaram os animais com toda a parafernália que tinham.

Não me contive. Chamei as propagandistas de volta, requeri a parte que eu tinha recusado, pedi mais um pouco e pendurei tudo nas crianças. Não sem antes explicar às moçoilas a gravidade do seu gesto.

Não aderi à bichocracia. Definitivamente.

O Turvo Limpo

Uma tarde de junho, eu sozinha na fazenda, chega um visitante.

- Puxa, moça... faz tanto tempo... – Ainda se lembra de mim?

- Sim, claro. Mas, que honra... bem-vindo! Entre. Como me descobriu aqui?

- Estava de passagem com um grupo de pesquisadores da UFV, trabalhando num projeto de demarcação de antigas rotas de tropeiros. Quando perguntei ao guia quem morava aqui, ele me disse que era você. Não resisti à curiosidade. Você sumiu, menina... Está tudo bem?

- Só mais velha. Obrigada pelo moça e menina. Fale-me de seu trabalho. Parece interessante.

O pesquisador mostrou mapas resgatados nos arquivos da arquidiocese de Mariana e perguntou se eu reconhecia os locais - um emaranhado de linhas, com legendas manuscritas. A ortografia era arcaica e não identifiquei quase nada. Com segurança mesmo, só o traçado do rio que banha minha terra.

- Esse ribeirão eu conheço. Deságua bem aqui nos fundos de minha casa.

- O Turvo Limpo? Cadê ele?

- Vem cá atrás e te mostro. Corre ao pé daquele morro. É tempo de seca e está magrinho. Naquela moita de aroeira, ele desemboca no Santo Antônio. Seguem juntos pro Piranga.

Muito interessado, explicou a relação entre os cursos d'água e as trilhas que estavam mapeando. Queria saber tudo sobre o córrego. Fisicamente, eu só conhecia o trecho entre Paula Cândido e a fazenda – meu caminho da roça. Descrevi esses nove quilômetros. E acabei também falando da importância daquele rio para a minha família. Meu pai o represara para que tocasse uma roda d'água – a alma da fazenda por muitos anos. Graças a ela, tínhamos moinho, engenho, dínamo e bomba d'água, o que tornava a casa mais confortável, antes da chegada da eletricidade. Mostrei os velhos artefatos da época, preservados com carinho.

O visitante se interessava por todos os detalhes, o que espichou a conversa. Falei das enchentes, catastróficas para as engenhocas do meu pai, mas lindas de se ver. O riozinho fica quase um sósia do Doce, de quem era tributário. As aventuras da infância não escaparam do papo, pois aprendi a nadar naquelas águas, quando os primos, a pretexto de me ensinar, ficavam mesmo era querendo ver meu maiozinho vermelho.

- Nossa! Você tem uma relação muito especial com esse rio...

- Ah, com certeza! Ele não é importante nem belo como muitos outros. Mas é nas suas margens que continuo comemorando a vida. Também lavo a alma por aqui, quando a minha própria turbidez é maior que a dele.

- Vejo que você o conhece bem e até sabe pra onde ele vai. Mas tem ideia de onde ele vem?

- Mais ou menos. Sei que nasce no Tanque Grande, no alto da Serra do Divino. Minha mãe era do pé daquela serra e sempre dizia que nasceu com esse rio e iria morrer com ele. Por essa razão, foi enterrada aqui no povoado, conforme seu desejo. Mas não conheço a nascente.

- Meu Deus, então ele é muito mais importante do que imaginei. Quem é o Tejo perto dele...

- Sim. É o riozinho da minha vida. Hoje tá minguado, mas suas águas falam ao meu coração com uma força amazônica.

- Ah, não! Agora me sinto na obrigação de te levar à nascente. Sabe que o Tanque Grande é o maior espelho d'água da nossa região? Num raio de cem quilômetros...

Duvidei da grandeza, mas fiquei curiosa. Combinamos a ida. Depois disso, falamos de nós: trabalho, casamentos, filhos, viagens, a vida enfim. O papo tomou gosto de Caetano e som de vinho.

E no dia marcado, ele me buscou num jipe. A estrada era precária. Ao chegar no tanque, fiquei boquiaberta.

- Não acredito que eu possa ter vivido mais de sessenta anos nesse pequeno município, sem conhecer essa beleza.

- Aí, você se engana. A cidade é pequena, mas o município é enorme e sua casa está no outro extremo.

E foi me mostrando a geografia: nascentes e matas bem preservadas. Registrou com esmero toda a fotogenia que um poente caprichoso preparou para o momento. Depois, me convidou para seguir um pouco adiante. Entramos na mata por uma trilha estreita. O jipe mal se equilibrava nos barrancos. Paramos numa pequena clareira. Dali pra frente, seria a pé. Adiante, não teria como virar o carro. Seguimos por uma vereda escura, de densa vegetação e, do nada, descortinou-se uma paisagem de tirar o fôlego. Mais de cento e oitenta graus de horizonte infinito. Eu segurava o queixo e ele me mostrava as cidades avistáveis: São Geraldo, Santa Maria, Rio Branco, Ubá, Guiricema, Guidoval e ali, bem ao pé daquele paredão, a fazenda Bom Jardim, onde minha mãe nascera. Um impacto! Emoção intraduzível.
Ele me abraçou por trás, prevenindo uma vertigem. E disse docemente:

- Veja só. O rio da sua aldeia tinha muito mais pra te oferecer. Agora olhe pra cá e tente ver a paisagem que me vai por dentro... sua emoção me contagiou também.

A magia se deu ao contrário das águas - da foz à nascente. E mais um casamento meu se foi rio abaixo. A nova paixão, como um peixe valente, venceu a correnteza.
Parafraseando Pessoa, insisto: o Tejo? É belo sim. Porém, não mais que o Turvo da minha aldeia.

Nas Alterosas

Memórias que marcaram a vida urbana, as relações no trabalho, algumas viagens e outras impressões.

Biblioteca - uma trágica iniciação

Quando entrei para a Assembleia, em 1982, junto com o grupo interdisciplinar do meu concurso, trabalhei em projetos que visavam ao aparelhamento da Casa para a futura retomada da normalidade jurídica. A redemocratização já fazia acenos para o país.
Havia muitos programas e fui envolvida com a modernização da biblioteca. Para me desincumbir, li sobre o assunto e visitei instituições similares, como as bibliotecas da Câmara e do Senado. O próximo passo seria conhecer tecnicamente a biblioteca da própria Assembleia. Liguei para a chefe do setor e agendei uma reunião.
Bem recebida, fui apresentada aos funcionários. O acervo e as instalações físicas me foram mostrados e também o controle administrativo que se fazia do trabalho. Havia descrição minuciosa das funções técnicas. A estatística estava atualizada. Tudo me pareceu perfeito - um primor de organização. Despedimo-nos com tranquilidade e apenas senti resistência quando disse que agendaria com os servidores para conversar sobre o trabalho de cada um. Seguramente, do ponto de vista da chefe, todas as informações já teriam sido repassadas.
A primeira entrevista foi com o servidor responsável pela hemeroteca, ou seja, a coleção de recortes de jornal. Nesse passo, é importante lembrar que era um trabalho imprescindível naquela época, porque possibilitava acesso à informação mais atual e dinâmica. Ferramentas como *Google*, *Safari* e outras seriam consideradas meros delírios futuristas naquele tempo.
Ele era advogado. Mostrou-me o banco físico de dados – arquivos com recortes dos jornais, guardados em envelopes etiquetados, em ordem alfabética. Disse ainda que lia e selecionava diariamente os artigos relevantes da *Folha*, do *Estadão*, do *JB* e do *Estado de Minas*. Ao lado da matéria assinalada, já escrevia a palavra-chave a ser posta no envelope em que o recorte seria arquivado. Sua auxiliar fazia o trabalho de recorte, xerox, dobradura e arquivamento.
Perguntei-lhe, então, sobre a forma de controle do vocabulário usado

para a indexação, ou seja, a escolha das palavras-chave a serem colocadas nos envelopes, com as respectivas remissões. Ele me disse que não sabia o que isso significava. Eu lhe expliquei sucintamente que era uma forma de agregar assuntos iguais ou correlatos, evitando a dissociação, por exemplo, entre carro e automóvel – conceitos que se dispersariam na alfabetação.

Ele, um espírito aberto, irreverente e brincalhão, explicou que aquilo não era necessário, porque conhecia todo o banco de dados e sempre acharia ali o que fosse preciso. Perguntei-lhe como fariam os atendentes na sua ausência e ele disse que não faltava ao serviço. Aquilo era bobagem.

Aproveitando que a minha turma do concurso era apelidada de Grupo das Malvinas, porque fomos admitidos na época da guerra entre a Argentina e a Inglaterra, exemplificou com o tema. Disse que, quando a frota britânica afundava um navio argentino, ele escrevia Ilhas Falklands e, quando acontecia o contrário, escrevia Malvinas. No fim da guerra, ele talvez decidisse sobre a agregação dos envelopes. Mesmo sem acreditar muito, torcia pela Argentina. Era certo, então, que os envelopes ficariam eternamente separados. Mas, pensando melhor... aquela guerra seria sempre a das Malvinas. Olhando para a sua auxiliar, disse:

- Junta tudo em Malvinas de uma vez. Deus seja servido!

Tudo isso em alto e bom tom, à vista de outros servidores. Foi uma risada geral. Fiquei preocupada com a reação da chefia. Mas era importante tocar o projeto e a entrevista com todos era fundamental.

Meio cabreira, voltei lá para fechar o capítulo da hemeroteca. Havia rumores de que a chefe teria feito uma reunião interna truculenta. Porém, eu tinha um agendamento com a auxiliar. Encontrei caras fechadas, cabeças baixas e olhares assustados. Para azeitar a entrevista, convidei a moça para conversarmos na sala de leitura. O local ficava sempre vazio, com dois ou três trabalhadores-mirins lendo o caderno de esportes ou simplesmente dormindo no seu horário de almoço.

Ela me cumprimentou meio pálida, com mãos gélidas. Percebi que o clima estava realmente tenso. De cara, fez questão de me dizer que não era técnica e que executava as tarefas de acordo com instruções recebidas. Não queria emitir nenhum juízo de valor a respeito do trabalho. Procurei tranquilizá-la o quanto pude.

Antes, porém, de começarmos a entrevista, um senhor idoso, de terno, com um ar de certa formalidade, entrou no recinto e se dirigiu à mesa onde estávamos. Quando o viu, ela se levantou para abraçá-lo e, depois dos cumprimentos, perguntou se ele já me conhecia. Ante a negativa, ela disse que eu era do grupo dos novatos do último concurso.

- Ah, então você é da turma das Malvinas. Ouço falar de vocês como uma equipe muito seleta. Seja bem-vinda e tenha muito sucesso aqui na Assembleia!

Um pouco mais relaxada, ela me disse candidamente:

- O Dr. Fulano é assessor do Deputado Tal. Somos muito amigos porque ele foi veado durante muitos anos lá na minha terra.

Eu fiquei atônita, impactada. Incrédulos, questionavam meus botões:

- Como é que uma moça tímida e delicada poderia me apresentar assim aquele respeitável ancião? A troco de nada... numa época em que veadagem era quase crime. Meu Deus! E ela nem se tocava...

Ele, então, falou calmamente:

- Minha filha, ela cometeu um ato falho. Freud explica. Eu fui Juiz de Direito lá na terra dela. Só que me chamo Fulano de Tal Veado. Daí a confusão.

Fiz a melhor cara de paisagem que consegui, respirei fundo e disse a ela que os deixaria à vontade e voltaria depois. Administrei o riso o quanto pude, mas desisti do projeto. E nunca mais pisei naquela biblioteca, até que fui nomeada sua chefe em 1986.

Aí, começaram novas histórias.

O livro emprestado

Cheguei à Biblioteca da Assembleia em 1986, antes da informatização, quando todos os processos técnicos seguiam padrões tradicionais.

Anotava-se o empréstimo de livros em fichários e, sempre que o leitor estava em atraso, expedia-se uma correspondência, lembrando-lhe da devolução. Com larga tolerância. Persistindo o problema, enviava-se um formulário-cobrança mais incisivo, onde eram citadas as normas que estipulavam multas e obrigatoriedade de reposição do livro, em caso de perda.

Um dia, chegou-me a seguinte carta:

> *Prezada Senhora,*
>
> *Recebi sua caluniosa correspondência de 16/10/1986, em que fui acusado de dever um determinado livro à essa Biblioteca. Esclareço que jamais pus meus pés nesse lugar e nem peguei aí nenhum livro emprestado.*
>
> *Aliás, eu tenho pavor de dever. Prefiro emprestar. Ainda mais livro que é uma coisa que não tenho costume. Se eu gostasse, eu comprava porque tenho razoável poupança na MINASCAIXA, conforme os demonstrativos que mando. E, aqui na Assembleia, ainda costumo emprestar dinheiro. Cobro juro baixo e socorro colegas e até deputados. Se duvidar, mostro as notas promissórias aqui na minha gaveta.*
>
> *Por isso, peço que tire meu nome disso. Atenciosamente,*

Levei um susto e fui conferir com o pessoal do atendimento. Num instante, descobrimos que a cobrança tinha chegado em mãos erradas. O cidadão revoltado era xará do usuário em atraso. O trabalhador-mirim novato que entregava a correspondência fez a confusão. Rimos muito e fiquei pensando o que fazer.

Descobrimos que o indignado era um dos esquisitos da Casa – lá sempre houve muitos. Era um tipo solitário, verdadeiro misantropo e sovina. De fato, emprestava dinheiro para muita gente. Não era usuário da biblioteca e, sim, usurário na Assembleia. Guardei por muito tempo aquela carta, cheia de extratos de poupança. Era tempo de hiperinflação e ele tinha aberto muitas contas – quase uma para cada dia do mês.

Tive vontade de convidá-lo para conhecer a biblioteca e dizer que lhe mostraria uns livros, pelos quais eu achava que ele, talvez, se interessasse. Poderia ajudá-lo com sugestões, fazendo comentários sobre os mesmos.

Mas não fiz nada disso. Acabei optando por encerrar o assunto sem delongas. Apenas mandei-lhe uma resposta objetiva, explicando o equívoco e pedindo desculpas. Havia um consenso entre meus colegas de que seria difícil fazê-lo trocar sua coleção de extratos e promissórias por livros. Assim, mantive a boa e velha postura técnica, sintonizada apenas com os objetivos maiores da Instituição.

Hoje acho que eu teria tentado. Contaria para ele que nós não possuímos livros – são eles que nos possuem. Quando dormem conosco, os livros podem virar sonhos, desejos e até carícias. Ele possivelmente não iria acreditar, mas se eu insistisse, talvez o convencesse a trocar suas moedas por contos, poesias e romances. Nessa barganha, ele poderia ganhar juros de deleite, abrindo uma conta corrente de emoções. Afinal, livros não são só para ler: pode-se cheirar, abraçar, chorar e até pirar com eles.

No entanto, não falei nada disso, convencida de que para ele, "ter" era muito mais sedutor do que "ler". Hoje me arrependo, pois, se o conquistasse, o troféu seria meu. Poderia estar aqui contando outra história. Porém, a palavra não foi dita, o esforço não foi feito e o limite não se rompeu. Neguei-me essa chance.

Penso que, se eu tivesse, ao menos, ousado, com certeza não sentiria um puxão de orelhas quando lesse em Mário Quintana: "Livros não mudam o mundo, quem muda o mundo são as pessoas. Os livros só mudam as pessoas."

Pelos e violência

Sempre questionei as torturas a que se submetem as mulheres para se livrar de pelos. Desde a prosaica gilete, passando pela pinça e os irritantes cremes depilatórios, até os métodos mais absurdos e cruéis: cera, eletrólise ou laser. É tudo muito agressivo, de arrancar lágrimas. Não obstante, ninguém questiona. Há discussões acaloradas e abertas sobre vários temas íntimos e controversos. Menos sobre a tal depilação. Aí, fez-se um pacto de silêncio.

O certo é que, no Brasil, todas as mulheres – as burras e as inteligentes – se depilam. É só dar uma corrida de olhos no nosso extenso litoral. E ouço falar que, ultimamente, muitos homens também o fazem. Ouso até cogitar uma hipótese antropológica. Será que isso tem raízes ancestrais? Ainda precisamos nos diferençar das origens para marcar território?

A despeito dessas considerações, e sempre com muita dor, sigo resignada e também me sujeito. Não abro mão do procedimento.

Era dia da sessão de eletrólise marcada para cuidar da extinção de meu charmoso bigodinho. Antes, apenas o descoloria e adorava o efeito. Esteticistas e maquiladores me chacoalharam a cuca e mudaram meu conceito. Trabalhava na Assembleia de Minas e a agente torturadora que fazia o procedimento ficava nas imediações.

Justo nesse dia, uma colega de trabalho foi brutalmente assaltada na praça. O fato teve ampla repercussão na Casa. A rádio peão relatava o episódio e alertava sobre o perigo dos arredores. Fui para lá com mais medo de assalto que das agulhadas. Agarrava minha bolsa como se ela fosse um pulmão artificial.

Depois de me fazer chorar todos os lenços disponíveis na sala, a moça passou-me uma pomada na região (mal)tratada e, como de costume, deu-me um saquinho com gelo para manter sobre o lábio inchado.

Na volta, já anoitecendo, o percurso até o meu carro ficou ainda mais aterrador. Era o ano de 2002 e a região estava menos edificada que hoje. Havia vários terrenos baldios, onde costumavam se reunir cra-

queiros com outros moradores de rua.
Quando passava por um trecho bem ermo, apareceu um cidadão vindo em sentido contrário. Sujo, maltrapilho, desgrenhado. Fiquei aterrorizada. Saí da calçada para a rua tentando me desviar dele. Ele também foi para a rua e vinha decididamente em minha direção. Voltei para a calçada e ele, idem. Fui me encostando no muro e me preparando para o pior. A bolsa seguia a tiracolo e eu agarrada a ela. De repente, ocorreu-me jogá-la no meio da rua. "Quem sabe, ele iria atrás da bolsa e não me molestaria?"
Não houve tempo nem forças. Ele já estava na minha frente e a bolsa simplesmente caiu no chão. Aí, meu agressor enfiou a mão no saco que carregava e tirou algo lá de dentro. Nem olhei, mas percebi que era uma coisa clara. Imaginei uma faca, ou um canivete. Parei estatelada no muro, sem nenhuma chance de escapar. Quis gritar e a voz não saiu. Pernas bambas e coração na boca, a mil por hora. Ele estendeu a mão armada na minha direção e disse:

- Moça, moça! Toma aqui, moça!

Eu paralisada.

- É muito bão! Melhora rapidinho.

Continuava catatônica, sem conseguir olhar para a mão que se estendia para mim. Ainda petrificada, vi-o abrindo a boca banguela e mostrando um molar remanescente.

- Tá vendo esse dente aqui, moça? Tava doendo pra danar. Eu bochechei com esta folha de chá e parou de repente. Leva esse bocadinho e bochecha que cê vai melhorar.

Ainda atordoada, comecei a perceber o vacilo e fui recobrando forças, tentando voltar ao normal.

- Por que cê tá com esse paninho na boca? Num tá cum dente doendo?

Só então me situei. Com todo o pânico, eu ainda mantinha o saquinho de gelo sobre a região recém-depilada.
Trêmula, peguei as folhas que ele me oferecia. Agradeci, sem voz. Ele se abaixou, pegou a bolsa, entregou-a para mim e disse gentilmente:

- Aqui, sua bolsa. Caiu. Toma e vai com Deus!

...

Não ignoro nem subestimo a violência urbana. Mas, houve um dia em que eu – mera vítima do padrão estético – despertei a compaixão de um suposto agressor.
As lágrimas me correram por razão bem diversa. Guardei as folhas de chá até virarem pó.

Insânia

Puxei com força pela memória. Queria falar da loucura como contraponto à genialidade. Ou como fonte de alegria, pela ruptura com o convencional. Ou só mesmo como ponto de interrogação. Queria a autoridade de um Simão Bacamarte que internava, sem remorso, os indesejados. Com toda leveza, iria trancafiar poderosos. Queria poder, como Saramago, apontar a fragilidade da lucidez e a capacidade da loucura de vencer a ignorância e o medo.

Como não tenho o dom do escritor português, nem a sábia pena do Machado, limito-me a contar uma amarga experiência nesse campo.

Nina era uma moça simples, simpática, inteligente e dedicada. Quando trabalhamos juntas, foi meu braço direito. Profissional concursada e operosa, descascava pepinos em todas as frentes. Não vem ao caso, mas a biblioteca da Assembleia matava um leão por dia nessa época. Lá ficava o único computador da Casa que atendia pedidos de pesquisa do próprio órgão e de muitos outros do Estado. E Nina não só trabalhava bem. Era mais que isso. Parecia em idílio intelectual quando manuseava livros, códigos ou falava de filmes.

Além disso, era fluente em inglês. Também isso não vem ao caso. Certa vez, formamos um grupo para aulas particulares. Três de nós éramos apenas "presentes". Ela era mais-que-perfeita no "futuro" e no pretérito. O professor a dispensou por perda de tempo, é claro.

E era, sobretudo, discreta, de modos retraídos e vestuário simples.

Foi de férias à Bahia, com um grupo de colegas, num final de ano. E lá, de repente, revelou uma insuspeitada desinibição. Decidiu aprender a dançar lambada. Trocou todo o guarda-roupa por shorts e minissaias. Resolveu também acordar sua recôndita devassidão e se expor de tal forma que amedrontou até os matreiros dançarinos baianos. Quando voltou, estava com a libido em sanha. Todo mundo se surpreendeu com a mudança. Era uma ruptura desvairada com o antigo padrão. Parecia tomada daquela lascívia da Ilhéus de Jorge Amado, embora só tenha ido a Porto Seguro.

Inevitável. Os poucos homens que trabalhavam na biblioteca se viram assediados às claras. Um deles, mais velho, quase perdeu o casamento, por causa dos telefonemas que ela dava para a sua casa. Tornou-se um sério problema. Pedi ajuda aos colegas e aos psicólogos da área de Recursos Humanos. Conversamos muito. Mas Nina tinha mudado de personalidade. Tornou-se ambígua em tudo. Só foi taxativa quando nos proibiu de falar com sua família. Mudou até de sotaque. Assombrosamente a sua fala perdeu o tom e os erres da sua terra. Era outra pessoa. Tão incapaz de cuidar do ofício quanto do controle da própria sexualidade. A duríssimas penas, conseguimos colocá-la de licença médica e convencê-la a uma internação numa clínica indicada por profissionais.

Após certo tempo, a clínica nos comunicou seu afastamento voluntário e sua adesão a uma seita mística, nos arredores de Belo Horizonte. Aí, decidimos quebrar a promessa e ligar para sua família, apesar de nos lembrarmos de suas queixas anteriores sobre a indiferença com que os pais a tratavam.

Impressionante o descrédito e a pouca importância que sua mãe deu ao relato. Podíamos fazer como quiséssemos. Ela era assim mesmo e iria se comportar muito melhor conosco do que em casa. Além disso, ela, a mãe, era presidente do Rotary, domadora no Lions, curadora do museu da cidade e provedora da Banda de Música. Impossível cuidar da filha. Não tinha tempo. Assombramo-nos.

Cuidamos de renovar sua licença médica. Depois, vizinhos nos informaram que seu apartamento estava à venda e quem estava à frente do negócio era ligado à seita. Mais assustados, ligamos para a família de novo, pois talvez coubesse uma interdição ou, no mínimo, o adiamento dessa decisão. Dessa vez, os pais interferiram. Não sei dizer o que foi feito. O negócio foi embargado.

Poucos dias depois, Nina foi encontrada sem sentidos no carro trancado, nas proximidades de sua casa. Parece que tinha ficado catatônica por horas e o oxigênio do veículo estava acabando. Baixou ao hospital e teve nova licença médica.

De volta ao trabalho, chegou com uma terceira personalidade. Fechou-se em copas. Soturna, não falava com ninguém. Produzia alguma coisa na área técnica, mas muito aquém do desempenho passado.

Definiu que só se reportaria a mim, o que me fez colocá-la na minha assessoria. Desenvolveu uma dependência emocional que me obrigava a lhe dar retornos com redobrada atenção. Mas a lembrança da excelente bibliotecária e amiga estava marcada e sustentava nossa relação.

Um dia, quando voltei do trabalho, Nina estava na minha casa. Sentada na sala com a minha mãe, falou-me serenamente que tinha se mudado para lá. A mala ao lado testemunhava a decisão. Fiquei atônita. Mas a alegria da mamãe neutralizou minha reação. Apesar dos nítidos sinais do *Alzheimer*, minha mãe tinha ainda alguma lucidez e, louvado seja Deus, uma alegria solar. Acolheu Nina com entusiasmo quase infantil. Definiu que se mudaria para o meu quarto e cederia o seu para a nova moradora. Meus filhos já conheciam a saga da minha colega e se ajustaram também. Com tato e habilidade, em alguns dias, consegui convencê-la a ir para sua casa.

Voltou ao seu reduto, mas não voltou às tímidas tentativas de ajuste à vida. Sucederam-se crises de histeria, sarcasmo, agressões e desaparecimentos. Parecia uma personagem perdida na própria história, em busca de um destino. E as agressões agora se voltavam especialmente contra mim.

Novos contatos com a mãe só me renderam alguns presentes. Eram artesanatos produzidos pelas comunidades carentes assistidas por ela. Sempre me impressiona a extrema sensibilidade das pessoas ao drama dos jogadores de futebol tailandeses (ou da Chapecoense), enquanto, numa caverna ao lado, uma alma atormentada clama em vão pelo seu cuidado.

Deixei a biblioteca. Havia outras razões para fazê-lo. Porém não ter resgatado a confiança de Nina foi fator importante nessa decisão. Outros colegas a apoiavam junto com a área de RH. Quanto a mim, acompanhava de longe o seu fenecer em vida. Ela virava o rosto quando cruzávamos. Doía muito sabê-la cada vez mais lúgubre e ensimesmada. Até que se aposentou por invalidez.

Nunca esteve, como muitos outros, na mesa do Conselho de Administração, onde os dirigentes discutiam o problema. Por razões inexplicáveis, havia na Casa muitos servidores especiais que nunca tiveram ou, então, perderam o chamado bom senso. Havia revezamento na sua lotação. Nas reuniões do Conselho, realocavam-se bêbados, drogados, psicóticos, maníacos, esquizofrênicos e que tais. Era preciso dividir a carga.

Os que me sucederam na direção também viam Nina com compaixão. Conheciam sua história e sabiam tudo sobre o ser humano maravilhoso que habitava as profundezas daquela mente enevoada. Entendi e acolhi bem o novo rótulo para a loucura: portador de sofrimento mental. O surto erótico de Nina prenunciava uma possível alegria, mas já era um grito lancinante contra a carência de afeto e de prazer. E o resto foi só dor.

Virando a mesa

Ano de 2000, eu com quase vinte anos de Documentação - um trabalho importante no Legislativo. Gratificou-me muito, em todos os sentidos. Pude realizar a missão, usando as boas técnicas da Faculdade e ainda ultrapassar limiares, graças à automação, que chegou para ficar e mudar a vida de todo mundo. E o reconhecimento veio junto - deu muita alegria.

Pelo vanguardismo na adoção de novas tecnologias, a Assembleia de Minas tornou-se referência para Casas Legislativas de outros Estados e também para outras instituições afins.

Recebemos visitas e disseminamos as conquistas país afora, no tête-à-tête e em eventos, os mais diversos. Entusiasmada a princípio, aos poucos, de tanto falar no assunto, fui me cansando dele e também do trabalho. A última vez, foi em São Paulo, num evento de Informática. Minha participação se daria numa quinta-feira. A equipe da Assembleia já estava lá desde o início da semana. Cheguei no dia, quase na hora da minha apresentação, deixei a mala no hotel e fui ventando para o Centro de Convenções. Na mesma correria, falei aquilo que falava sempre – quase como um autômato.

Naturalmente, ninguém se interessou muito, não houve perguntas e achei ótimo – já estava cansada de dar as mesmas respostas. Fui sucedida por meu assessor, que falou detalhadamente sobre apenas um dos processos técnicos que usávamos.

Ele arrasou. Os participantes se envolveram e a palestra dele foi um acontecimento. Importante dizer que ele é muito bom em tudo. Além do conhecimento, o danado tem o *élan* dos oradores, com a simpatia e a coloquialidade dos sábios.

Naquele dia, tive certeza de que era hora de largar o bastão. Essa percepção já estava latente havia algum tempo. Ali, mostrou-se premente. Estava insatisfeita, sentia-me sem garra para continuar.

Um certo mal-estar ficou me assombrando o dia todo. No almoço com os colegas, ficou combinado um teatro à noite. Era uma comédia com Ary Fontoura: "Corra que papai vem aí". Nunca vou me esquecer dessa peça.

Do Centro de Convenções, fomos direto para o teatro e foi ótimo. Esqueci meu constrangimento e ri tudo o que era para rir. Até a metade. De repente, ocorreu-me que não lembrava o nome, nem o endereço do hotel em que estava hospedada. Revirei minha bolsa, minha pasta e não achei a informação. Na correria, tinha deixado o *voucher* no quarto. Perdi a graça por completo. Até quis continuar rindo para disfarçar. Impossível.

Na saída, onze e tantas da noite, quase chorando, contei para os colegas. A esperança era que também estivessem no meu hotel. Não estavam. Decidi, então, que tentaria me hospedar no hotel deles. No dia seguinte, perguntaria na Assembleia onde tinham me hospedado para pegar minhas coisas em São Paulo.

Mais uma vez, meu assessor mostrou competência. Ligou de um orelhão para o Setor de Segurança do Legislativo, que funcionava a noite toda, e pediu que localizassem o telefone da servidora que fazia reservas de hotel. Não havia celular nessa época, mas foi tudo resolvido. O eficiente rapaz já conhecia a Assembleia muito melhor do que eu, uma veterana.

Deu certo e eu voltei ainda mais convicta de que, como gestora, tornara-me uma laranja mamucha - era puro bagaço; não dava mais caldo. Tratei de entregar as pontas e fui tentar carreira nova na Casa, até me aposentar.

As coisas têm seu tempo e a gente tem mais é que se ajustar ao tempo delas para não se coisificar.

Ato solene

Na Assembleia de Minas, o entusiasmo reinava. Para buscar protagonismo político, fazia-se de tudo. Não bastava o resgate do Poder dado pela Constituição. Urgia exercê-lo e mostrar o feito. Para isso, a Casa devia ser vista pela sociedade como sua caixa de ressonância. Era preciso traduzir o desejo do povo, canalizá-lo e, se possível, tornar concretas as aspirações manifestadas. E algumas pirações também. Que viessem turbas e até promovessem quebradeira, mas viessem. Para tanto, a Casa tinha que se aparelhar rapidamente, absorvendo tecnologia e qualificando seu quadro de pessoal.

Todas as cabeças se espremiam em busca de ideias novas. A Câmara e o Senado Federal foram copiados e reinventados à mineira. Os recursos humanos eram muitos, mas, em grande maioria, despreparados para tanta pressa de apresentar resultado. Seria necessário capacitá-los e, se possível, fazê-los brilhar a qualquer custo. Os quadros da Assembleia tinham sido legalmente estabilizados pelas artes de um certo consultor – que ainda faz artes até hoje no Senado Federal - e com as devidas bênçãos da Constituição Mineira de 89. Dispensar, nunca. E recrutar novos por concurso público, só depois.

Em 1992 mais um passo se dava nesse sentido. A última criação era a Escola do Legislativo, pensada para contribuir com a formação técnica e política de agentes públicos em geral e melhorar os de casa: os inteligentes, os geniais, os esforçados, os parentes, os bêbados e os equilibristas - até que se aposentassem.

A Escola era uma façanha - exigia inauguração com pompa e circunstância. Aproveitaria os quadros da Casa para treinamentos de rotina e, em projetos mais ambiciosos, faria convênios com instituições de fora, especialmente as de ensino superior.

Para o lançamento, escolheu-se o dia 21 de abril, quando a Inconfidência Mineira celebrava seu 203° aniversário. (Quem melhor que Tiradentes para apadrinhar a Escola?) Juristas e professores de Belo Horizonte e Brasília foram convidados, além das autoridades de pra-

xe. Tudo preparado com antecedência para atender à pompa e à circunstância que a ocasião merecia.
Na semana do evento, a UFMG promoveu um Seminário de Direito Constitucional do qual participaram renomados juristas portugueses. E, na undécima hora, alguém sugeriu que eles também fossem convidados. Vieram dois e integraram a Mesa na solenidade.
A cerimônia foi aberta, como de praxe, pelo Presidente da Casa. Em seguida, falou o orador oficial. Solenemente, tirou seu discurso do bolso e leu o que, certamente, já tinha escrito há muito tempo.
Como era de se esperar, falou do projeto da Escola: seu âmbito e importância. Mas, como introito, louvou a data e o movimento dos inconfidentes. E não poupou xingamentos pesados aos portugueses quanto à crueldade ao esmagar o levante: déspotas d'Além Mar, usurpadores de nossas riquezas, derramistas sanguinários que rapinaram o ouro brasileiro para construir suas portentosas catedrais e outros desplantes que, por mais verdadeiros, tornaram-se incômodos naquele momento. Foram uns quinze minutos de desaforos frontais. E os lusos empalideciam ali na mesa, a menos de 2 metros.
No final, foi aplaudido com entusiasmo.
Com toda a propriedade do tema, achei a adjetivação terrível. Afinal, não se convida uma pessoa para uma festa e toca-lhe na cara toda a raiva do passado. Os portugueses se entreolhavam atônitos – seu constrangimento era visível.
Durante todo o tempo do orador, remexi-me na cadeira, em completo desconforto. Olhava para os lados e não via o menor sinal de companhia.
Quando lhe foi dada a palavra, um deles, meio sem voz, deu um tapa de luvas: "a despeito das vicissitudes históricas, aqui estamos nós, irmanados no ideal de liberdade conferido pelas nossas constituições. Estar em Belo Horizonte é como ir do Porto a Lisboa, tamanha a familiaridade e o bom acolhimento etc., etc.
Respirei aliviada quando tudo acabou. Na saída, houve um coquetel e todo mundo festejou, sereno e alegre. Cutuquei alguns colegas sobre o assunto e acabei convencida de que, dentre os que contatei, só eu tinha sentido aquele mal-estar.
Conclusão: não há exagero algum quando se diz que ninguém presta a menor atenção em discurso. Às vezes, nem o próprio orador.

Homofonia

Em 1976, a título de experiência, fiz o vestibular da UFMG e passei. Minha filha caçula tinha 3 meses e os seus irmãos 5 e 7 anos. Estava muito difícil começar a faculdade naquela ocasião. Mas, muito motivada a mudar de vida, tantas fiz que consegui uma solução. Trouxe uma moça da minha terra, que também queria estudar e ela me ajudou. Lá se vão 40 e tantos anos, e hoje ela é minha comadre e melhor amiga. Vencemos, as duas. Mas, a luta foi árdua.
O marido não me proibiu de estudar, contanto que tudo desse certo. Ou seja, casa, roupa, comida e filhos em perfeita ordem. Isso gerou uma tensão muito forte e algumas discussões. E o meu curso, Biblioteconomia, não era bem avaliado.

- Isso é curso de espera-marido. Se fosse algo mais promissor...

Nessa atmosfera pesada, o meu sogro, sempre espirituoso, saiu-se assim:

- Pelo menos leia a *Bíblia*, minha filha.

- Não entendi. Por quê?

- Acho Biblioteconomia uma área perigosa. Certa vez, fui contratado por uma Igreja Cristã do Rio para ilustrar uma edição de luxo dos Salmos de Davi. Para me inspirar, fui à Biblioteca Nacional consultar os exemplares lá existentes. Pedi à bibliotecária, e ela:

- Davi de quê?

- Como assim?

- O sobrenome. As entradas do catálogo são pelo sobrenome.

- Oh, minha filha, sinceramente não sei. Só posso te dizer que ele era filho do Salomão, mas não sei o sobrenome dele também.

- Então não tem jeito. Procure saber primeiro.

Perplexo, retruquei:

- Olha aí nos Oliveira, Pereira, Nogueira... os judeus novos que vieram pro Brasil costumavam adotar nomes de árvores.

É claro que ele foi atendido por uma auxiliar. Bibliotecários estudam muito, especialmente Arte, História e Religião. A piada me marcou. Mas ri amarelo, porque doeu.

Em 1991, eu era chefe da Biblioteca da Assembleia de Minas e vivia cumulada de muito trabalho, com problemas de toda ordem. Matava-se um leão por dia naquele tempo.

Um colega muito querido, assessor da Casa, estava às voltas com a definição de sua tese de doutorado e ia muito à biblioteca. Nossos encontros eram sempre divertidos. Ele é superinteligente e criativo. Muda de assunto sem preâmbulos, é irônico e, muitas vezes, ácido. Uma delícia encontrá-lo. Meio *hippie*, mas profundo em todas as colocações. Era preciso muita atenção para acompanhá-lo. De repente, revolvia com os dedos os seus cachos dourados e viajava nos temas. Além disso, frequentávamos a mesma praia e nos encontramos algumas vezes em Mangaratiba-RJ. As histórias dele dariam vários livros. Algum tempo depois, saiu da Assembleia e partiu para a carreira acadêmica.

Em meio ao turbilhão diário, ele entrou um dia na minha sala e disse:

- Defini!

- O quê?

- O tema da minha tese. Vai ser Sanção. O que você acha?

Atordoada, respondi apenas:

- Que bom! Isso tava te atormentando tanto...

- Você me ajuda? Vou precisar muito da biblioteca, pois fico preso a esse maldito relógio de ponto da Assembleia. O jeito é trabalhar na tese aqui ou pedir exoneração do cargo.

- Claro que sim, respondi, entre perplexa e insegura.

Em casa, quando me deitei e pude pensar um pouco sobre os incêndios que tinha tentado apagar naquele dia, lembrei-me da conversa. Meus intrigados botões me questionaram:

- Mas, que diabo é essa ideia do meu colega? Sansão... como é que ele vai fazer uma tese de doutorado sobre o Sansão? Ele tá pirando de vez. Coitada da Dalila! Com toda aquela fúria acadêmica, ele vai acabar com ela... ou seu alvo seria o próprio Sansão?

Naquela noite, sonhei que eu estava armada com uma tesoura, perseguindo o meu amigo - um gigante de longa e volumosa cabeleira. No outro dia, debaixo do chuveiro, descansada, caí em mim.

- Meu Deus, é sanção com cê cedilha... o instituto do processo legislativo que cabe ao Governador... Onde estava a minha cabeça? Parece que tinha sido eu, de fato, a vítima da Dalila, que errou na medida e me cortou a cabeça.

Quando contei o vacilo para o meu colega, referi ao episódio do meu sogro, que ele conhecera em Mangaratiba. Rimos muito e, no lançamento do livro com a sua tese, ele colocou na dedicatória. "Para a minha Dalila..."

Só lamentei que meu sogro não estava mais por aqui neste planeta. Queria muito poder dizer a ele:

- Tá vendo só no que deu? Você só me recomendou que lesse a *Bíblia*...

Revolvendo a Memória

A biografia da Maria Thereza Goulart, Uma mulher vestida de silêncio, de Wagner William, suscita uma comparação tristemente atual, pois o golpe de 1964 foi precedido por um cenário político muito semelhante ao que vivemos hoje. Ao mesmo tempo em que mostra o charme, a beleza e o savoir-faire da Primeira Dama mais aplaudida do mundo, a leitura revela os bastidores de uma articulação golpista que se repete nesta dura Era Bolsonaro.

Eu tinha 12 anos no início da Era Goulart. Convivi com a ditadura por muito tempo. Votei pela primeira vez em 1989, junto com meu filho mais velho. No entanto, a abstinência democrática só passou a me doer em 1977, quando fui para a Universidade. Foi a FAFICH, Unidade de Humanas da UFMG, que me abriu os olhos aos 27 anos, já casada e mãe. Na década de sessenta, sequer compreendia os sermões do capelão do internato, um padre certamente comprometido com a Teologia da Libertação.

A leitura provocou reflexões sobre as mudanças pessoais que a vida trouxe: da adolescente/jovem alienada ao tipo de animal político em que me tornei. Nesse exercício, lembrei-me de um episódio cronologicamente intermediário: nem 1964, nem 2020. Foi em 1987, quando fiz minha primeira viagem ao exterior.

Fui sozinha a Buenos Aires dissolver maus fluidos e na ocasião conheci um casal nordestino muito simpático. Tinham comprado o mesmo pacote turístico que eu. Como todos os seus conterrâneos, eram abertos, alegres e, de cara, nos tornamos companheiros de viagem.

Falávamos de tudo, especialmente de coisas sem importância - aquelas que fazem rir e derreter problemas. Uns dois dias depois de conhecê-los, descobri que eram recém-casados. A moça me mostrou fotografias do evento. Apreciei com carinho. Perguntei quem eram os pais e irmãos de ambos e elogiei tudo. Como parei por aí, eles não se contiveram. Contaram que tinham sido apadrinhados pelo Governador e a Primeira Dama de seu Estado, apontando-os nas fotos. Perceberam que eu não os reconhecera. Olhei e disse: "Que chique!". E ponto.

Preocupei-me por estar alugando a celebração privada a que tinham direito pós-casório, e tentei me afastar. Foi impossível. Ligavam pro meu apartamento e marcavam novos passeios, sem dar a mínima confiança às ponderações que eu fazia. Por fim, na véspera do meu regresso, queriam me convencer a segui-los para Punta del Este. Argumentei que não podia por várias razões, inclusive, porque minhas férias tinham terminado.

- Mas, você não trabalha na Assembleia?

- Sim, que diferença faz?

- Toda. Não acreditamos nessa desculpa. O pessoal do Legislativo do nosso Estado não trabalha de verdade – só consta da folha de pagamento.

- Pois eu até bato ponto e supervisiono muitas pessoas que ralam pra valer.

Continuaram céticos. Falaram da total bagunça que era a máquina pública na sua terra. Por fim, acabaram me revelando que ambos eram servidores do Estado - bem pagos - e só raramente compareciam ao órgão em que eram lotados. Ainda mais agora que eram afilhados do Governador, o "desilustre" Fernando Collor.

Dois anos depois, em 1989, seguramente meu primeiro voto da vida seria no Lula. A surpresa ficou por conta do concorrente - aquele que usou a filha do Lula, Lurian, de forma criminosa e ainda o acusou de ter um aparelho de som cujo valor era muito alto para um operário. Quando seu nome e sua foto apareceram na mídia, tive um baque. Então o padrinho do casal de Alagoas que conheci em Buenos Aires era um Caçador de Marajás?

- E onde ficou mesmo a bela Maria Theresa lá do começo? Seguramente envolvida na teia das elocubrações, no campo em que uma coisa puxa a outra e... pronto.

Tropeços estrangeiros

Para mim, viajar é muito bom. Cenas já imaginadas em livros ou filmes emocionam e sempre superam o relato. A recíproca também é interessante: ler um romance ambientado em local conhecido tem seu sabor ampliado. Quando nada, viajando podemos mudar o cenário da solidão. E isso também é um refrigério.

Já escrevi sobre muitas viagens. Em geral, procuro fugir de clichês, aquelas informações para turistas que qualquer guia tem. Tento relatar emoções, surpresas e alegrias vividas.

Porém, as viagens mais distantes, que requerem transporte aéreo, domínio de outra língua e atualização tecnológica têm seu lado difícil, às vezes, tragicômico. Na verdade, tudo fica engraçado depois, porque, durante, é um baita desafio.

Vivi algumas situações dessas. Chegando em Frankfurt, em 1991, fui detida para revista pela polícia do aeroporto. Abriram minha bolsa de mão e levaram alguns itens para exame. Nervosa, só me lembro de ter morrido de vergonha porque estava menstruada e a caixa de tampões se abriu na bolsa. À medida em que fuçavam, iam só caindo OBs sobre a mesa. Depois soube que meus medicamentos manipulados foram o motivo da suspeita. Com certeza, acharam que era droga ilícita.

Como se isso não bastasse, minha mala não chegou. Minha amiga tinha ficado na esteira esperando e me deu a notícia em pânico. Disse-me para ir ao setor de bagagens extraviadas, enquanto ela ia ao guichê de informações arrumar um hotel. Não poderíamos seguir viagem naquele mesmo dia por causa da minha mala.

Com meu inglês claudicante, queixei-me com a atendente – uma típica alemãzinha sardenta, de tranças - e ela me deu um extenso formulário onde, entre outros dados, eu tinha que descrever minha mala e todo o seu conteúdo. Tudo em inglês, naturalmente. Nessas alturas, eu não sabia sequer o meu nome todo, quanto mais o formato e a cor de minha mala e, muito menos, todos os itens de vestuário e higiene que ela continha. Pedia ajuda à moça que tentava adivinhar o que eu perguntava. Cheguei à conclusão de que, em inglês, eu não conhecia minha mala, nem por fora, nem por dentro. Quando vi minha amiga ao longe, gritei pedindo socorro. Ao me ouvir, a atendente perguntou:

- Ora, pois, pois, falas português? Brasileira?

- Ah, não acredito que, com esses olhos azuis e essas tranças lourinhas, você é portuguesa. Que alívio! Por que não me falou logo?

- Solicitei teus documentos duas vezes e não me destes ouvidos...

- Desculpe. Esse é o segundo problema que me acontece hoje. Tô em pânico. Ajude-me com esse maldito formulário, por favor.

Nessa mesma viagem, em Munique, compramos um passe de transporte urbano que permitia usar todo o sistema por uma semana, contanto que estivéssemos juntas. Funcionou muito bem, sem fiscalização, até o dia em que, na saída do metrô, decidi pegar umas roupas na lavanderia e tomei uma escada diferente da minha amiga. Justo nesse exato momento, houve uma blitz. No alto da escada rolante, deparei com uma muralha de policiais, conferindo o tíquete e o meu estava com minha amiga. Tentei explicar, mas nenhum deles falava inglês. Buscaram outro policial e ele me disse que eu teria de pagar uma multa de 62 marcos. Era uma fortuna. Chorei as pitangas e mostrei meu passaporte de fraca moeda brasileira; dei o endereço do hotel onde poderiam verificar o passe que eu tinha comprado e disse que não tinha condição de pagar aquela multa. Cansei o moço. Ele, então, disse-me que, no mínimo, eu tinha de pagar aquela viagem. Indicou um *totem* enigmático, com tudo escrito em alemão, onde eu teria que adquirir o bilhete. Naquele tempo não havia aquelas caixas de Pandora aqui no Brasil e eu apanhava muito quando tinha de usar. Para mim, aquilo não era *totem* e, sim, um cabuloso tabu.

- Pelo amor de Deus, moço, compra pra mim. Eu sou subdesenvolvida e não sei usar aquele troço.

Falei isso com a mão cheia de moedas. Nessas alturas, nervosa, eu não conseguia nem distinguir as moedinhas alemãs. Ele me ajudou, com cara de dó e desprezo. E eu me senti mais que atrasada – verdadeira mendiga.

Já na era Trump, fui à Califórnia com meu filho e sua mulher. Passeávamos de carro - eu e meu filho - em San Diego, enquanto minha nora participava de um evento científico. Fomos a um centro comercial vizinho à fronteira do México e resolvemos almoçar em Tijuana, a cidade mais próxima. O almoço foi ótimo: gostoso e alegre, com música ao vivo e trajes típicos. Mas, na hora de voltar para os Estados Unidos, defrontamo-nos com uma fila quilométrica, que quase não se movia. À medida que o tempo passava, foram chegando pencas de vendedores ambulantes de olhares invasivos, malabaristas, anões, além de pedintes expondo deformidades – uma feira de horrores. Batiam nos vidros do carro, de forma ameaçadora. Quando conseguimos avistar a barreira, lembrei-me dos policiais alemães que me cercaram no metrô de Munique. Só que ali, além de portarem armas pesadas, os tiras ainda trabalhavam com cães farejadores de cara medonha.

Os carros eram revistados rigorosamente e a maior parte não passava pela barreira. A fila dos barrados fluía de volta do nosso lado esquerdo.

O almoço perdeu a graça toda, mas o pior era o atraso. Tínhamos combinado com a minha nora de pegá-la às 16h e, nesse horário, ainda não se podia calcular o tempo que levaríamos para chegar. Meu filho e sua mulher tinham adquirido um *chip* americano para seus celulares – e ele não funcionava. Estávamos a cinquenta metros da barreira e o telefone, mudo. Com certeza, o Trump tinha instalado uma cortina invisível, até o céu, para impedir a comunicação.

Angustiados não sabíamos o que fazer. Nosso atraso já tinha ultrapassado tudo o que minha nora poderia considerar razoável. Quando estávamos a um passo da barreira, abri a bolsa para pegar meu documento e deparei com meu telefone, esquecido ali por muitos dias. Descrente, tentei ligar dele para minha nora. Funcionou. Ela já estava na Delegacia, pedindo ajuda para nos localizar.

Passamos pela fronteira com um simples "*welcome*", mas não deu para nos sentirmos assim.

Apesar de eu ser de um tempo em que a terra girava bem mais devagar, continuo gostando de viagens. Porém, a velocidade das mudanças tecnológicas é desafiante e quase sempre me faz protagonizar cenas patéticas. Os aeroportos, por exemplo, ficaram quilométricos e confusos. Costumo trocar sapatos por tênis para dar conta da maratona. E, sempre que só tenho 20 minutos para fazer conexões distantes e mal sinalizadas, fico tentada a dizer que sou deficiente e pedir cadeira de rodas.

Nessas horas, sinto saudade de mim mesma e lembro como era boa a Maria Fumaça da minha infância. Partia lenta, preguiçosa, suspirante e dava tempo para muitos adeusinhos...

Lourdes

- Vamos abandonar essa excursão e voltar de avião pra Madri?

- Por quê? Tá correndo tudo bem...

- Cansaço. O trecho Paris-Madri é muito longo para ir de ônibus e tem um pernoite em Lourdes que será um "*déjà vu*". – Lembra-se daquela vez em Fátima?

Perambulando há muitos dias pela Europa, faríamos, meu companheiro e eu, o embarque final em Madri. Mas o último trecho me amedrontava pela extensão e o pernoite em Lourdes, um destino de romeiros.

Criada entre altares, incensos e velas, deveria ser outro o meu perfil. No entanto, a demasia saturou e hoje não rezo mais. Essa questão me incomoda, pois não há como jogar fora uma bagagem inteira. Sempre sobram algumas sacolinhas. As práticas que restaram são muito úteis no convívio social: batizados, casamentos e que tais. Mas, Jerusalém, por exemplo, não me mobiliza – muito menos Aparecida. Não houve jeito, no entanto, de conciliar os voos. Resignei-me e fiz o jogo do contente, sempre a melhor opção. "Se é inevitável..."

Em Lourdes, começamos a bater pernas, sempre a maneira mais interessante de ver o mundo. O primeiro encantamento foram os picos nevados dos Pirineus, ali pertinho, quase ao alcance da mão. E depois, o Rio Gave de Pau, esmeralda líquida e encachoeirada. Dediquei-lhe um bom tempo de genuína admiração. Lá, a natureza é pródiga pois há ainda muitos riachos subterrâneos com trechos visíveis e grutas calcáreas. Estala... ctites e gmites completam um belo cenário. O comércio da cidade privilegia artigos de inverno. Caí nas armadilhas de sempre. Embevecida com tudo, comprei roupas pra família entulhar armários, pois são perfeitamente inúteis no nosso clima. – Mas, como são lindas!

E, ao anoitecer, a atração era a procissão das velas. Uma pequena multidão se posiciona em volta da igreja para assistir. A geografia ajuda porque a procissão desfila numa esplanada em frente à Basílica, que se pode avistar das laterais mais elevadas. Antes, o terço foi rezado em várias línguas, tirante o português. Ave-Marias de todos os cantos, menos a do Brasil, o maior país católico do mundo. Fiquei injuriada, mas consolei-me com o predomínio do francês – lembrava a minha mãe e senti saudade. Muito carola, a primeira coisa que ela me ensinou em francês foi: "*Sainte Marie, mère de Dieu, priez pour nous, pauvres pécheurs...*"

Findo o terço, saiu a procissão da Basílica. Só aí pude entender o porquê do grande interesse. A procissão era um verdadeiro desfile militar, mais organizado que os do Hitler. As pessoas portavam velas na mesma altura, acesas no mesmo momento. Cantava-se o hino que presumo ser o de Lourdes e a cada parte da música correspondia um movimento. Os passos ritmados faziam evoluções perfeitas. Sem contar as paradinhas bem ensaiadas e a movimentação das velas – um luxo! Toda essa encenação não foi ainda suficiente para me antecipar o fechamento. A comissão de frente era de cadeirantes, empurrados marcialmente por partícipes bem concatenados. Após apresentação impecável - nem as velas tremeluziram - chegaram de novo à Basílica. No momento exato, todos os cadeirantes se levantaram e entraram caminhando normalmente na igreja. - Juro que tive a maior surpresa! Depois de ver inúmeros ex-votos de fiéis miraculosamente curados de paralisia pela graça de Lourdes, tinha acreditado piamente que aqueles cadeirantes eram, de fato, incapazes de caminhar.

- Gente, milagre aqui é no atacado, gritaram meus perplexos botões!

Mas a surpresa melhor se deu à noite. Fomos tomar "umas" num boteco cheio de irlandeses catolicíssimos. Maior que sua fé religiosa, apenas sua devoção aos eflúvios do álcool. Fizemos amizade com eles e com o grupo musical que animava o lugar. Bebemos e dançamos a noite toda ao som de música brasileira, ou melhor, até o estabelecimento nos colocar na rua, trôpegos e trêbados. E eles queriam dar continuidade às aulas de samba do meu bailante companheiro, na rua mesmo, sem música e sob um frio de trincar narizes e orelhas. Não tinha rido tanto em todo aquele mês de viagem.

Seguramente, em Lourdes a Virgem Maria é bem mais animada que em Fátima. Pensar que eu tinha feito tudo para não ir lá...

Tapas e trocos

Cada lugar nos marca de uma forma específica. Quando o impacto afetivo é maior, as lembranças ficam mais vivas. Coisas do coração são indeléveis. Muitas vezes, a frieza do mundo aquece a memória da gente. A sorte é que o contrário também é verdade. Parece que há uma enzima que brota do peito e ativa neurônios de maneira espantosa: medos, angústias, alegrias, amor, carinho, desejo, todos os afetos, enfim, são lembretes significativos na vida.

Em Madri há muita coisa importante para se ver e apreciar: de Velásquez e Goya a Dali e Picasso, da Plaza Mayor à Gran Via, da culinária aos vinhos, da língua-irmã à alegria do povo. Tudo é marcante. Mas, inesquecível, para mim, é o Mercado de San Miguel.

Um prédio lindo, de 1835, decorado em ferro e vidro, foi originalmente um mercado de pescados. Hoje tem também frutas, flores, comidas e artesanato. Fui lá com um namorado e nos encantamos com a beleza de tudo, especialmente dos produtos expostos. As frutas e flores, além de variadas e exóticas, são deslumbrantes, num arranjo de cores e formas que deixam a gente até em dúvida se são de verdade. O artesanato é primoroso, delicado e as barracas de comida, enlouquecedoras. Iguarias típicas, desde queijos, azeitonas, vinhos, embutidos e as indefectíveis tapas se oferecem ali, na Plaza de San Miguel, pertinho da Puerta del Sol e da Plaza Mayor.

Como nada é perfeito, há um pequeno problema: o mundo inteiro vai lá. Não deixa de ser uma fauna curiosa e interessante: mil raças, roupas e línguas diferentes, mas certo desconforto para circular e, principalmente, conseguir um assento para comer.

Depois de muito procurar, encontramos um lugar vazio numa barraca de comida. Meu companheiro ficou lá ordenando os pedidos e guardando o único e precioso pouso. Eu fui comprar as bebidas em outra barraca, pois naquela não havia a bela sangria que queríamos. A vendedora estava muito atarefada. Aguardei um bom tempo pelo atendimento. Quando voltei, tive grande dificuldade de localizar de novo o meu companheiro, tamanho era o movimento.

Felizes, entre tapas, queijos e beijos, curtíamos tudo, quando apareceu a moça que me vendera o drinque. Para quê? Para me devolver a nota fiscal e o pequeno troco, que eu esquecera na compra. E ainda se desculpou pela demora, explicando que teve de esperar a chegada de um substituto para sair da barraca.

Além de não entender como ela me localizou e me reconheceu naquele "bazar persa", fiquei ainda sensibilizada pelo grau de seriedade com a questão. Agradeci e manifestei minha admiração pelo gesto e ela explicou: "você teve de esperar muito pelo atendimento. É natural que tenha se esquecido do troco e da nota."

Essa memória se agarrou em mim. Quando ouço falar de Espanha, lembro-me da mocinha ocupada que gentilmente me procurou naquele labirinto superpovoado para reparar minha falta de atenção, e essa recordação se confunde com a doçura de morangos e pêssegos suculentos.

Três tês – tapas, tumulto e troco – têm cheiro e gosto da generosidade que toca a alma e sempre nos faz um pouco melhores.

O Gato

- Alô, amiga, tudo certo com nossa viagem de segunda-feira?

- De minha parte, digamos que sim. Você vem pra cá amanhã?

- Por que a dúvida? Algum problema?

- Sim. Um miado.

- Como assim?

- Meu carro está miando. Parece que tem um gato dentro dele e ninguém consegue achar. Meu filho, meu genro e eu já abrimos o capô e reviramos tudo. Em vão. Tô preocupada, pois temos de viajar nele.

- E o miado? Não dá pra localizar pelo som?

- Aí que está o pior. Quando a gente chega perto do carro, o bicho faz um silêncio ensurdecedor. Parece até assombração.

- Fica fria. Até amanhã, esse gato se escafede. Vai dar tudo certo.

...

- Helô, tudo bem? Resolvido o problema do gato?

- Nada, Tetê. Tô pirando com essa merda. E hoje é domingo. Não tenho ninguém pra me ajudar.

- Vou praí de uma vez. Espanto esse gato em dois minutos.

- Ai, que bom, querida. Além da viagem, agora tô preocupada com o bichinho. Está desde ontem sem comer nem beber. Olha só que tristeza.

Tetê chegou e refez todos os procedimentos de busca já feitos. Quatro, cinco vezes. A tortura continuava. Carro aberto, cutucado em todas as reentrâncias e saliências e nada. Era só se afastarem e aquele miado triste recomeçava. Chegaram a achar que vinha da casa ao lado. Para certificar, tiraram o carro da garagem e colocaram na rua. Em seguida, o vigia tocou o interfone.

- Dona Helô, tem um gato no seu carro.

A dúvida acabou. O carro miava mesmo. Que fazer? Como viajar no dia seguinte? Tetê ponderou:

- Helô, temos que desmarcar ou adiar nossa ida. Hoje é domingo e não vamos conseguir ajuda.

- Nossa, eu não posso desmarcar de jeito algum. Foi difícil agendar a estada nessa clínica. Passei horas no telefone pra conseguir. E não posso adiar meu processo de emagrecimento nem um dia mais, senão vou enlouquecer.

- Sinto muito, amiga, mas é urgente esperar. Que aflição é essa? Concordei de ir com você por companheirismo. Nem acho que está tão gorda assim. Por que essa ansiedade toda?

- Ai, Tê, não me venha com essa velha conversinha. Vivo ouvindo isso e minhas roupas estão só encolhendo no armário.

- É sério. De onde você tirou esse complexo todo?

- Em cima da balança, é claro. Tô pra baixo, me sentindo a mulher menos desejável do mundo. Como vou conviver com essa autorrejeição?

- Sem drama, Helô. Em todo caso, vamos ligar pro seu filho de novo.

O filho da Helô falou que a única coisa a ser feita era dirigir o carro devagar até o posto de gasolina mais próximo. Ele teria que ser colocado no elevador para a retirada do bichano. Viajar com o gato dentro, nem pensar. Se fosse pego numa das correias ou engrenagens, seria triturado. Matava-se o gato e perdia-se o carro que ficaria condenado a feder para sempre.

Ato contínuo, foram aflitas para o posto. Helô desolada, porque sabia que não seria atendida num domingo. Só abrem para vender combustível. Podiam ir de táxi para a clínica, que ficava a uns 50 quilômetros, mas o carro faria falta lá, durante a semana. Que tragédia!

Tragédia mesmo tinha acontecido no posto. O atendente colocara gasolina num carro a diesel e foi preciso escoar e limpar o reservatório, sob pena de estragar o carro. O dono do posto fora acionado pelo proprietário do veículo – uma picape de luxo. Se virou e mandou seus melhores funcionários lá para executar a operação. Aleluia! Tinha pessoal suficiente para desaninhar do carro uns trezentos gatos se preciso.

Terminada a função com a picape, começaria a retirada do gato. Sentadas numas velhas cadeiras de plástico, as amigas ficaram aguardando a operação. Helô até já ria do problema, mas reiterava que estava péssima com seu sobrepeso. Nem o alegrante químico estava resolvendo.

Aí parou um carro branco perto delas e o motorista perguntou se a loja de conveniência do posto estava funcionando. Disseram que não, pois estava fechada desde a hora em que chegaram. O cara ficou reticente, mas acabou indo embora. Continuaram aguardando e, quando o carro foi erguido, ficaram atentas pra ver o resgate do felino.

Aí, apareceu de novo o mesmo carro branco e o cara falou:

- Escuta, achei um lugarzinho legal pra tomarmos uma cerveja. Vamos?

Ficaram no ar e disseram que não, obrigada.

- Mas, vocês vão ficar aí esperando esses mecânicos? Eu levo as duas e pago o que vocês quiserem, suas gostosas!

Se entreolharam estupefatas. Por quem ele as estava tomando? Devagar, deram-se conta de que estavam despenteadas, com velhas saídas de praia e chinelas havaianas. Saíram com pressa. Mulher mineira decente não senta num posto de gasolina com aqueles trajes. Pareciam duas vagabundas mesmo. A Tetê perguntou:

- Serviu ao menos pra levantar o astral, sua puta velha?

E não viram o gato pular fora do carro. Nem os funcionários do posto que o estavam procurando. Acho que saiu voando e calado. Só miou do outro lado da rua. Era um filhote pretinho. Não sei de onde tirou energia para uma fuga tão espetacular. Bichinho difícil!

Encontro

Idade chegando, aposentadoria acenando. Prevalecia, no entanto, o gosto pelo trabalho, especialmente aquele do SUS. Muito gratificante.

Ela chegou como tantas outras. Pobres, carregando o mundo nas costas: maridos bêbados - quando havia, filhos perdidos para o tráfico e ilusões depostas pela fatalidade.

Havia muitos indícios de pobreza, mas aquela moça se distinguia por algo oculto nos modos. Era um pouco mais correta no vestir e no falar. Uma distinção que parecia planejada.

Pela ficha, vi que Marina tinha quarenta e poucos anos. Era viúva com três filhos e uma netinha - descuido de sua filha adolescente. Morava numa comunidade distante daquele posto. Questionei isso, pois os atendimentos psicológicos eram bem regionalizados na cidade. Ela explicou que fizera opção e forçara o encaminhamento, pois tivera boas referências a meu respeito.

- Fale, então, o que te trouxe aqui.

- Tô muito abafada, doutor. Não sei como falar. Acho que preciso de um tempo.

- Por mim, sem problema, Marina. Só que você vai esbarrar no agendamento. Daqui a pouco, terei outro paciente. Fique tranquila e use seu tempo como preferir.

Naquela consulta só falou de mim. Das referências que tivera. Mas não quis revelar a fonte. Dela mesma, só contou o óbvio. Sustentava a família com a mísera pensão do falecido e o pouco que conseguia ganhar como diarista em casas de família.

Noutra consulta, falou um pouco de si: ansiedade, aperto, tristeza. Mas, muito vagamente. Quando perguntada, ao invés de se abrir, rebatia:

- O que tem de importante no material escolar que não pude comprar pra Vanessa?

- Quem tem que definir a importância das coisas na sua vida é você, Marina.

Se eu insistia, adotava uma postura ambígua e distante. De repente seu olhar se esvaziava. Expliquei, mais uma vez, que não poderia ajudá-la desta forma. Aconselhei-a a procurar um profissional mais próximo de sua casa.
E ela voltava. Sempre correta, pedia desculpas por insistir. Cada vez mais arrumadinha. Parece que a minha paciência a animava. A secretária do posto notou a assiduidade, o jeito de Marina e comentou:

- Doutor, essa moça é estranha. Tem uma tranquilidade triste e vem aqui de duas em duas semanas. Consegue seus agendamentos na Central, mesmo morando tão longe.

- Também me espanta o esforço que ela faz pra vir aqui.

- Acho que vocês estão namorando, gracejou. Ela anda cada vez mais arrumada...

Comecei a refletir sobre o comentário de Lúcia. Impossível uma transferência, pois ela mal me conhecia. Preocupei-me. Na próxima consulta, seria incisivo. Ela se abriria, ou eu suspenderia o tratamento. Observando-a, tive certeza de que Lúcia tinha razão. O olhar inquisitivo e certas maneiras estudadas de gesticular sinalizavam que Marina estava mais interessada em mim, do que em si mesma. Afinal, tudo o que me dizia sobre sua vida indicava equilíbrio e sensatez. Achei melhor desfazer qualquer mal-entendido que eu, porventura, tivesse suscitado. Fui direto.

- Marina, vou determinar à Central de Marcação que te encaminhe para outro profissional. Não vejo rendimento algum nesses encontros.

- Por favor, não! ... Não!

- Como te convencer? Sem sua participação, não tenho ferramentas para lidar com seu caso. Na verdade, até hoje não sei o que te traz aqui.

...
Pálida, ela gaguejou:

- Lembra da Dodô? ... aquela que trabalhava na pensão ... onde o senhor morou quando veio estudar aqui? 1976...

- ... não sei bem. Ah, lembro sim... vagamente...

- Morreu. Faz três meses...

- E... o que tem a ver?

- Era... era minha mãe.

Atônito, continuei olhando para aquele rosto, sem entender direito. Ela chorava mansamente. Aos poucos, seus traços foram se mostrando mais e mais familiares. Meu coração disparou.

- Acho que entendi, Marina. A Dodô sumiu de repente. Tava grávida de você?

- Sim. E me proibiu de procurar o senhor a vida toda.

Ela ficou de pé. Levantei-me também e abracei-a. Chorei junto.

- O senhor se importa de já ser bisavô?

Elisa nas nuvens

Madura, mãe, aposentada, solteira pela segunda vez, Elisa foi à praia com amigas. Lá conheceram outras pessoas e se agregaram, formando um grupo diferente e festivo.

Num dado momento, passou um cheiro de maconha. Vinha de uma turma jovem ali perto. O aroma virou assunto. Da Holanda ao Pepe Mujica, passando pelos morros cariocas e o Escobar, a conversa seguiu seu rumo habitual, com ênfase na descriminalização, é claro.

A certa altura, Elisa disse não acreditar muito no efeito. Tinha vontade de experimentar, fazer a cabeça, como dizia Tim Maia. Desde que vira o filme Divã, no qual Lília Cabral contracena com Gianechini experimentando seu primeiro baseado, ficara curiosa. Jamais se esqueceria da crise de riso da personagem. Que afirmava não estar sentindo nada.

De pronto, uma das amigas tomou providências. E apareceu, não se sabe donde, a famosa trouxinha. Combinaram um encontro num dos apartamentos do hotel para a iniciação de Elisa.

Foi uma festa! A debutante já ria por antecipação. Ainda bem, porque teve que superar crises de tosse intermináveis por causa de uma pinicante irritação na garganta. Com rios de lágrimas, tragou divertida. Quando suas amigas diziam que já estava de boa, ela dizia que não. Ria porque estava predisposta. Ria da tosse. Ria porque era muito velha para fumar maconha. Tudo era motivo. Por fim, todas riam de tudo. Elisa estava nas nuvens!

Fotografaram-se, filmaram-se, fizeram depoimentos, com Elisa já admitindo o efeito do baseado. No dia seguinte, trocaram mensagens com anexos, riram pela internet, e apagaram tudo dos celulares. Sempre que se encontravam, relembravam o barato com muito humor. A erva tinha poderes multiplicadores.

Passado algum tempo, Elisa estava com a família e amigos em casa. Chegando a filha e a neta, foi providenciar comida para elas. Serviu a neta, e a filha disse que não queria comer. Não estava se sentindo bem.

- O que você tem, querida? Quer algum remédio?

- Não, mãe! É só um mal-estar. Daqui a pouco, tô boa.

E foi deitar.

Preocupada, Elisa voltou depois para saber se a filha tinha melhorado. Insistiu sobre os sintomas, sobre o que tinha comido, essas perguntas que toda mãe faz. E a filha se abriu.

- Mãe, sabe aquele seu celular antigo que deu defeito? Lembra que me pediu para mandar consertar, depois que comprou outro?

- Sim, filha. E aí?

- Pois é. O celular da Florença deu pau. Emprestei o seu velho pra ela.

Florença era a neta de 15 anos que viera com a mãe.

- Mãe, a Florença acaba de me mostrar suas filmagens e fotos: você com suas amigas fumando maconha! O que eu digo pra ela, mãe? Tanto que eu a previno sobre drogas...

Elisa entendeu tudo então, e só queria morrer. Na boca, aquele gosto amargo da saia justa. E o pior é que o gosto tinha cheiro de maconha. Ficou impactada. Momentaneamente perdida.
Respirou fundo. Até hoje não sabe onde, mas encontrou forças e disse à filha:

- Minha filha, você me conhece há mais de quarenta anos. Tem estrada de sobra pra avaliar meu comportamento. Sabe que não sou perfeita, mas conhece minha responsabilidade. Tenha, então, mais leveza para lidar com meus deslizes. Isso não é pecado mortal. Basta você olhar como uma brincadeira. Sua mãe não é, nem vai se tornar usuária e dependente de drogas por causa desse episódio.

- Mãe, mas todo mundo faz isso quando é jovem. O que te deu na cabeça nessa idade?

- Sei lá. Acho que foi vontade de ser determinadamente livre, filha. Jovens são livres sem querer, de nascença. Nem valorizam. Só pensam nisso quando sua liberdade é tolhida. E o bom é ser livre com consciência. Querer e fazer.

Sua filha se acalmou. Nem foi preciso Elisa fazer mais discursos do tipo "existe uma mãe que você idealiza e a que você tem".

Sua filha se levantou, abraçou-a e disse:

- É mãe, você pensa igualzinho à Florença! Ela achou um barato e me perguntou qual era o problema...

E foi almoçar.

Elisa se viu, outra vez, nas nuvens. Não naquelas de algodão doce do baseado. Eram nuvens cheias de mistérios cibernéticos que ela jamais vai decifrar - perigosas e invasivas, mais conhecidas num estrangeirismo incômodo: *I-Cloud.*

Doravante, nem pensar muito forte perto do celular! Não se sabe até que ponto ele grava e faz *backup* do pensamento...

Réveillon à Brasileira

- Nina, arrumei um lugar pra gente passar o *réveillon*.

- Que bom, Ju! Continuo desprogramada. Não temos com quem deixar o Artur.

- Estamos no mesmo barco. Também temos que levar o Samuel. Será numa casa na Pampulha. Dá até pra ver os fogos da Lagoa.

- Casa de quem?

- Da mãe de um coleguinha do Samuel. Só a conheço da porta da escola. É médica, simpática e convidou com muito empenho.

- Convidou você, nesse caso.

- Não. Falei que já tinha combinado com uma amiga. E ela ficou mais feliz ainda porque seu filho vai ter com quem brincar. Fala nisso todo dia.

- E, como compartilhar? Tem um rateio?

- Não. Cada um leva o que quiser: salgado, bebida ou sobremesa.

- Ok, Ju. Vou conversar com o Marcelo e te falo. Mas, tô achando uma boa ideia.

Nina e seu marido se animaram. Marcelo escolheu o espumante com carinho. Comprou cerveja também e Nina encomendou uma torta salgada que fazia muito sucesso nas reuniões com os amigos.
No dia 31, passaram na casa de Ju, que morava na Pampulha, e foram juntos para a festa. O GPS levou-os a uma rua perpendicular à orla. No portão, um guarda os identificou e sugeriu que entrassem com o carro. Subiram uma rampa em curva, num jardim romanticamente iluminado. A casa, um palacete deslumbrante, abria generosamente suas varandas para a Lagoa. Estacionaram atônitos.

- Você tem certeza que é aqui mesmo, Ju? Perguntou Nina, já preocupada com suas roupas.

- Uai, foi o endereço que ela me deu. Só não entendo por que o filho estuda na escolinha do Samuel.

- Esquenta não, gente! O porteiro conferiu nossos nomes. Estamos admitidos. Façam todos uma cara de "tô-à-vontade", disse o Marcelo.

Foram recebidos com carinho pela anfitriã que indicou onde colocar as comidas e bebidas. No trajeto até a cozinha, atravessaram salões monumentais. Mesas suntuosas ostentavam baixelas de prata e cristais da boêmia. Circulavam mais garçons do que convidados. As bandejas disputavam a preferência exibindo exóticos *hors d'oeuvres* regados a *Veuve Clicquot* e uísques famosos. Queijos e frios – todas as origens e mofos – se ofereciam entre delicados arranjos florais.

A torta de Nina se encolheu de vergonha para entrar no freezer e foi escondida atrás de tudo. Perplexos com o padrão, se entreolhavam assustados.

A dona da casa encaminhou as crianças ao piso inferior, onde uma babá e uma animadora estavam a postos para entretê-los.

Constrangidos a princípio, os amigos foram se desinibindo com a bebida. Curtiram os fogos e brindaram com aqueles estranhos. Não eram a sua turma. Uma banda animava a noite e, com o tempo, o agito se generalizou. Os laivos de sofisticação foram se derretendo e muitos falavam alto, até gritavam. Uma euforia grosseira e peculiar. Bem diferente da etílica. Parecia coisa de pó ou pílula.

Morta de curiosidade, Nina se aproximou da dona da casa e perguntou-lhe sobre seu trabalho: especialidade, jornada e locais onde atendia.

- Clínica. E só trabalho na corporação.

- Qual?

- PM. Sou militar.

Mesmo constrangida pelo laconismo das respostas, insistiu:

- E o seu marido? Qual é a profissão dele?

- É capitão. Da PM também.

Conjecturas foram se formando. Estava explicada a esquisitice daquele grupo. Compartilhou-as com sua turma, mas só o Marcelo prestou atenção. Como motorista do evento, estava sóbrio.

Duas e meia da manhã, banda tocando, muitos na pista, inclusive Nina. De repente, o dono da casa deu um murro na sua mulher que caiu no sofá. Sob o diáfano longo branco, apareceu um revólver atado

à perna. Mal caiu, ela sacou a arma e deu um tiro na direção do marido. Por sorte, não atingiu ninguém. A banda silenciou e, de repente, três homens gritaram apontando armas para a anfitriã. Ela depôs seu revólver. Nina e os amigos voaram escada abaixo para pegar as crianças. Marcelo correu pra manobrar o carro. Perguntaram à babá se havia como alcançar o estacionamento sem passar no ambiente da festa. Não havia. As crianças estavam apavoradas.
Subiram meio patamar e observaram. Tudo estava aparentemente calmo. Pegaram os filhos e saíram sem tempo e sem palavra. Marcelo fez a manobra de sua vida. Desceu de ré, a mil por hora, a rampa escura, estreita e sinuosa. Quando passaram pelo portão, Ju lembrou:

- Nossas bolsas, Nina! Vamos pedir ao porteiro para pegar? Têm as chaves... os documentos...

- Já peguei, disse Marcelo. A chave do carro estava na bolsa de Nina. Peguei a sua também.

Depois de respirar fundo, Nina falou:

- Então, o porteiro podia ao menos pegar minha torta. Ela ficou tão humilhada...

Diéssica

Foi bom quando a mulher do abrigo veio buscar a gente. Há muito tempo Pingulim não trazia os trem de comer. Dienifer saía e arranjava alguma coisa, mas era sempre mais pedra do que pão. Fumava aquilo o dia inteiro e Cotó me amolava com fome. Mesmo com pouca comida, tava crescendo e eu já num guentava mais rastar com ele. De mãe, nois num sabia há muito tempo. Mas, foi melhor ter sumido. - Tomara, véi, que num aparecesse com mais menino lá pro cafofo. O último que trouxe já tava lesado e morreu em poucos dia.
No abrigo teve comida, banho e uma cadeira de roda pra Cotó. Começaram a me chamar de Diéssica e Cotó de Dioni. Dienifer fugiu de repente. Eu sabia que ela ia atrás das pedra. De Pingulim, num sabia nada. Era bem capaz que tivesse preso outra veiz.
Aí apareceu a mulher de olho azul. Ela andou o abrigo inteiro com o pessoal e resolveu ficar comigo. Falou muita coisa boa, mas num entendi tudo. Só sei que, na outra semana, veio pra me levar. Me falaram que era "guarda provisória", que eu ia ser feliz e que o juiz é que decidia se eu ficava ou não com ela.

- Mas, e Cotó, véi? Ele só come e dorme comigo.

- "Não se preocupe, Diéssica. A gente cuida do Dioni. É um privilégio uma menina negra da sua idade achar uma família que queira adotar". Fiquei pensando na minha idade. Já tinha entrado na escola umas treis veiz.

- Ceis já acharo Dienifer? Ela também é de menor. Se ela ficasse aqui com Cotó, eu ia.

Mas tanto falaram que fui. Me explicaram que guarda provisória era experiência. A mulher do olho azul queria me dar amor e seu marido também. E Cotó me amolava demais. Se eu não gostasse, podia voltar.
Montei num carro chique, fui prum lugar bacana, casa alta e quarto de princesa. Lá tinha roupa e comida a vontade. Um buraco da pare-

de, a tal de lareira, engoliu meu uniforme do abrigo. De noite, tacaro fogo.

- Vida nova, véi! Meu quarto tinha muito brinquedo. Pingulim ia saber mexer com aquilo, pois tudo parecia com celular. Eu não. Os nome era ingleis. Mas, as boneca era lindas! Tudo loura que nem a mulher que ia ser minha mãe. Assentadinhas nas prateleira, em pé, tocando música. Elas até fazia xixi e cocô. Isso me deu muita vontade de cagar, mas, naquele banheiro, eu tinha medo.

Mas, a vontade apertou e fui. – Que vergonha! Minha mãe nova veio ver se eu tinha limpado direito. Tava tudo errado. Chamou a moça de uniforme que trabalhava lá. Ela lavou minha bunda e o vaso. - Ia ter que cagar cheiroso, véi!

E depois, tinha que comer. Uma mesona grande. Só eu, ela e, às vezes, o pai. Garfo, colher, faca, copo, prato e mais prato. Umas comidas diferente que num podia misturar e só eles sabiam o que que era pra comer primeiro.

Tinha hora que achava que eles tava com dó. Mas eles ria também. Num sei se era de mim ou pra mim. Só sei que lembrava da fome de Cotó no cafofo. Grasadeus que ele tava no abrigo. – Será que tinham achado Dienifer? Ela disse que ia procurar a doida da nossa mãe de verdade...

Veio uma moça pra me arrumar. Cortou minhas unha e passou um esmalte clarinho. Eu queria vermelho, mas a mãe não deixou. Fez trança afro no meu cabelo. Aí gostei. Me achei linda demais.

Me puseram numa escola de bacana lá do bairro. Só tinha branco. Entrei no 3º ano, mas não lia direito e todo mundo ria de mim. Voltei pro 2º, mas queria voltar pro 1º, pro abrigo, pro cafofo. Sentia falta de Cotó, da amolação, da doida da Dienifer e do aloprado do Pingulim. - Será que ele tava preso, véi?

Minha mãe nova e seu marido (que eu não conseguia chamar de pai) só me dizia coisa boa. Ia recuperar minha saúde. Então, tinha médico ou exame quase todo dia. Ia me dar uma educação de primeiro mundo. Mas, na escola que eu ia, parece que eu era de outro mundo. As menina num brincava comigo e os meninos puxava minhas tranças no recreio, mesmo quando eu escondia atrás da pilastra.

Em casa, de manhã, tinha a Ângela, a empregada. Aí era bom. Eu contava pra ela como era lá no cafofo e no abrigo. Falava de Cotó e de Dienifer, de Pingulim e da mãe que sumiu. Ela me ajudou a achar o telefone do abrigo e ligou pra lá. Mas, era proibido falar com os internos. Tentou achar Pingulim também, mas eu só sabia que ele chamava Dionatam. Não lembrava o outro nome. Ângela tentou de Jesus, do Espírito Santo e Salvador, mas não deu certo. Num sei como, a mãe loura descobriu e proibiu Ângela de conversar comigo. Pra mim, falou que eu tinha que entender o meu lugar na casa.

Outra coisa boa foi a Maria Valentina. Era neta da vizinha, uma amiga da minha mãe nova. Vinha na casa da avó sempre e resolveram que ela ia ser minha amiga. Linda, de olhos verdes, a Valen era boazinha. Foi joia quando o pai dela levou a gente pra ver patinação no gelo. Acho que foi o dia mais feliz da minha vida.

Mas, resolvi ensinar pra ela as minhas brincadeira com a Dienifer. A avó pegou a gente pelada no quarto e ficou brava comigo. Chorei e implorei que ela não contasse pra minha mãe. Disse que ia apanhar muito. Ela não acreditou, mas num contou.

E isso era verdade. Eu levava tapa e castigo por conta de higiene e bagunça. Os livro e os brinquedo tinha que ficar arrumadinho. Do jeito que encontrei quando cheguei na casa. E o mais difícil: tinha que falar direito, pro-nun-ci-an-do bem as palavras, cumprimentar as visitas, dar parabéns nos aniversários, tomar modos de gente.

No dia lá com o juiz, eu falei não.

#tudocomeçanalivraria
#QuixoteDo2022
#OTurvolimpoeasAlterosas

1ª edição [2022]

Esta obra foi impressa na Gráfica Formato
em papel Pólen Bold FSC 90g/m^2
para a Quixote+Do Editoras Associadas.

MISTO
Papel
FSC FSC® C092828

Selo "FSC®" – Forest Stewardship Council (Conselho de Manejo Florestal) é obtido por empresas que têm sua operação avaliada, garantindo que o papel usado na impressão é produzido de maneira ambientalmente adequada, socialmente benéfica e economicamente viável. A Formato é certificada desde junho de 2010.